Présentation de l'auteur

Précocement déscolarisé, Omar Benlaâla multiplie les expériences professionnelles avant de trouver sa voie dans l'écriture.
En 2014, il met en ligne un récit autobiographique sur le site *Raconter la vie*. Les éditeurs de la collection éponyme lui proposent d'en faire un livre : *La Barbe* paraît au Seuil un an plus tard.
En 2016, *L'Effraction*, son premier roman, sort aux éditions de l'Aube.
En 2018, Flammarion accueille son troisième ouvrage, *Tu n'habiteras jamais Paris*, récompensé en 2019 du Prix littéraire de la Porte Dorée.
En 2024, pour fêter dix ans d'écriture, il crée avec sa complice *PoM Culture*, où est publié *D'en bas on voit mieux le ciel.*

PoM
— culture —

PoM Culture est l'union d'une philosophe et d'un écrivain dont l'objectif est d'expérimenter à travers leurs créations de nouvelles pratiques sociales et artistiques.

Remerciements

À tout seigneur tout honneur, ce livre n'aurait pas la même saveur sans le témoignage de celui qui m'a inspiré le personnage de Darius. À sa demande, son identité restera secrète. Je pense ensuite à Pauline, celle par qui la philosophie prend forme dans ma vie, et qui, mieux que personne, sait m'offrir ce dont j'ai besoin pour m'épanouir.
Une spéciale dédicace à celles et ceux qui m'ont accompagné pour rendre ce projet tangible, tant par leurs encouragements que le talent qu'ils ont mobilisé pour le faire exister : Ferudj, Gabel, Mathilde, William, Anis, Bastien…

Et enfin à ma famille, qui ne manque jamais de me soutenir.

Omar Benlaâla

D'en bas
on voit mieux le ciel

Pour Le Monte-en-l'Air,
une librairie que
j'aime de tout mon
coeur !
A bientôt !
Omar Benlaâla

Roman

PôM
— culture —

Prologue

J'ai perdu son sourire devant un de ces reflets qu'on croise ici et là, sans y prendre garde. Il faut se méfier des miroirs. Quand soudain ils dévoilent ce qu'on refuse de voir.

La fossette m'a alerté. Cette marque sur mon profil gauche, même si la sienne logeait à droite. En piètre copiste, c'est un rictus que j'ai fabriqué.

Mon rire, je l'ai dérobé à un autre, en ajoutant le son à la grimace. Jusqu'au moment où la façade a fini par s'effondrer.

Ce jour-là, je me suis demandé ce qui, dans cet assemblage méthodiquement édifié, avait conservé son authenticité. Ma démarche ? Mon phrasé ? Ma façon de penser ? Pour y voir plus clair, je me suis d'abord interrogé sur la disparition de mon sourire.

Lui, je l'ai ravalé sans procès. À quoi bon l'épargner ? Là où j'étais alors, mieux valait ne pas en rire. Trop occupé à contrer les coups, il ne m'a pas manqué. Pour ne pas sombrer, je me suis accroché à ce que je trouvais beau au milieu du chaos : son visage, et le creux au coin des lèvres d'où il manifestait son autorité en ordonnant à mes tortionnaires de ralentir.

Longtemps, je l'ai observé pour mieux le singer quand viendrait mon tour de...

Monster

Il ne bouge plus, respire à peine. Étendu à mes pieds, quelque part entre la douleur et l'envie. Il m'attend, guette le prochain mouvement. En silence. Ne rien demander — c'est la règle. Laisser venir et s'en satisfaire. Pour installer la confiance, je reste ferme, autant que courtois. *Ceci n'est pas un exercice*. S'il refuse, je m'en vais.

Il baisse la garde. Que la fête commence… D'abord, bousculer les systèmes — musculaire, nerveux, sanguin ; tous solidaires. Je compresse légèrement les membres afin de les préparer. Une sensation de chaleur l'apaise. Alors qu'il croit s'abandonner, son corps se tasse, le protège. Parent pauvre de l'esprit, à l'inverse de son cousin germain, il sait qu'aucune évasion ne lui est autorisée.

C'est d'abord à lui que je m'adresse. Les manipulations favorisent la communication avec mon client, polyglotte, mais imperméable à son propre lexique, et bien incapable de saisir la grammaire de son organisme. La mère des drames : perdre le lien avec sa chair, être sourd à ses bruissements, ses questionnements ; n'entendre à travers la souffrance que sa frustration, son agacement. Sans saisir le message murmuré à tous vents.

Le corps est un être à part entière, éloquent et sincère. Même immobile, il se raconte. J'essaie de traduire ce qu'il énonce. Souvent, il se crispe. Parfois, je le vois convulser. À mon contact, il se laisse aller. Le simple fait de s'allonger sur le dos en dit long. Certains, une poignée, sont ravis d'abdiquer ; d'autres — innombrables —, désarçonnés. Pour eux, la rupture est consommée. La gêne installée. Bruyante, triomphante.

Qui ne souffre pas ne m'engage pas. Ses os craquent. Il s'en excuse. Le signal pour ralentir. Ne surtout pas forcer la nature. Le rendre doucement à sa réalité. Je dépasse rarement les quatre-vingt-dix minutes. Comme jadis les cinéastes.

Assez pour aujourd'hui. Je l'aide à se relever, sans un mot. Nul besoin d'en rajouter : je sais ce qu'il en coûte de tenir ce rythme ; il sait ce qu'il me doit de lui imposer. Il glisse en cuisine se servir un grand verre d'eau. Je consulte ma montre, récupère mon sac, puis me dirige vers la table syrienne où sont posés mes honoraires. « – À jeudi, Darius. ». Les escaliers de l'hôtel particulier avalés, j'enfourche ma *Ducati Monster*, pour le fond autant que la forme ; elle oblige à maintenir le dos droit, et raffermit ma position.

Trompe l'œil

Je l'attends à l'intersection des rues de Belleville et Julien-Lacroix, dans le vingtième arrondissement de la Capitale. Entre le ciel et l'asphalte, des travailleurs à la tâche. Le plus jeune, posé sur la crête d'un bâtiment, maintient la corde accrochée au coin d'un tableau noir. Sur la nacelle, son compagnon manœuvre. Des deux, vêtus en bleu de travail, c'est le cadet qui m'interpelle. Comme une impression de déjà vu. Sa tête ronde me rappelle l'adolescent que j'étais dans le même quartier ; gamin désœuvré qu'un père ouvrier avait réussi à traîner au chantier. Une journée à couler dans le jardin d'un motocycliste la dalle où reposeraient ses bécanes à l'ombre d'un cerisier. Après avoir décaissé, damé et lissé, j'ai promis à mon père — si heureux d'initier son fils au métier — de revenir le seconder pour construire les murs du garage. Dieu seul sait ce qu'il en a pensé. Si mon bobard l'a aidé à se reposer. À quoi bon se le rappeler ? Le mal est fait. En observant l'apprenti tirer sur la corde, je lis la phrase du trompe l'œil de Ben : *il faut se méfier des mots*. Jeune homme, j'aurais validé le conseil en accusant ces lettres qu'on dresse entre les âmes. Désormais, je les sais innocentes comme l'ange soumis à la volonté de son Créateur.

Le voilà. Pile à l'heure.

Il s'arrête, descend m'ouvrir la portière avant de prendre place et demander ma destination. Je lui tends trois billets enveloppés dans un papier où sont indiquées des adresses.

– Allons au bout de cette somme. Je vous laisse choisir l'itinéraire.

– C'est vous le patron.

– Je veux que nous traversions autant de ponts que possible. Il y en a trente-sept à Paris. Je suis curieux de savoir combien nous en franchirons avant de terminer. L'habitacle est soigné, le chauffeur parfumé. Autour du levier de vitesse, un chapelet d'ivoire et sa croix sculptée où sommeille un enfant allongé sur le côté. Cinq perles au-dessus, un chérubin veille sur le garçonnet.

– Vous souhaitez en voir un en premier ?

– Pas spécialement.

Je suis fatigué de choisir.

En démarrant, il ajuste son rétroviseur et descend la rue au son du clignotant qu'accompagne la voix d'une journaliste : « L'individu est dangereux et activement recherché. La police refuse pour l'instant de révéler son identité, mais nous savons que cinq meurtres sont confirmés. Les victimes ne se connaissaient pas entre elles, mais sont toutes liées au suspect. »

– Quelle histoire ! Ils sont en boucle depuis ce matin. Vous en avez entendu parler ?

– Auriez-vous la gentillesse de couper le son ?

Virage à droite, il s'engage sur le boulevard vers la Place du Colonel Fabien. Sa conduite prudente s'accorde parfaitement à la gêne qu'il tente de dissimuler. Las de prendre les devants pour satisfaire mes interlocuteurs, je l'attends. Trente secondes suffisent à lui délier la langue. Une éternité. J'ai besoin de vider mon sac. Je suis là pour ça.

– Vous savez, notre balade risque de durer. Vous préférez garder le silence ou…

– Parlons.

– Bien ! Par où commencer ? Et vous, alors, c'est quoi votre histoire ?

– Mon histoire ?

– Oui. Celle que vous racontez aux autres quand vous les rencontrez. Avec son intrigue, ses personnages, ses rebondissements.

– Eh bien, je n'y avais jamais pensé en ces termes. Mon histoire… Par où commencer ?

– Le plus simplement du monde. Quelle est la question qu'on pose à un inconnu après lui avoir demandé son nom ?

– Ce qu'il fait dans la vie.

– Voilà.

– J'écris des livres.

– Ça fait longtemps que je n'ai pas pris d'écrivain. Le dernier, je ne me souviens plus de son nom, mais son odeur, ça oui !

– …

– Et quel genre de livres vous écrivez ?

– Des portraits.

– Des portraits ? Comme des peintures ?

– On peut dire ça.

– Et vous en avez écrit beaucoup ?

– Quelques-uns. Je termine le dernier.

– Quelqu'un de célèbre ?

Pas encore. Mais d'après le flash info, ça ne saurait tarder.

– Plutôt discret, au contraire.

– Il est dans votre sacoche ? Pas l'homme invisible, hein !

Réagis à la blague. Tu vas passer des heures en sa compagnie. Fais comme elle t'a appris.

– Il est bien trop musclé… Oui, le manuscrit s'y trouve.

– Et alors ? Vous êtes content du résultat ?

– Plus ou moins. Je ne m'attendais pas à cette fin.

– Ça se termine mal ?

– On dirait. J'avais l'intention d'écrire une biographie, me voilà l'auteur d'une tragédie.

Gym Tonic

Prier. Pour le salut de mon âme ? Un moment de répit près de la fontaine suffit. Plus que le goût du café, c'est le bruit de l'eau qui m'attire. À son contact, je récupère un peu de la sève que je dépense. Une pause. Pas la dernière. Prochain rendez-vous dans une demi-heure.

J'ai toute latitude pour m'occuper du billet. Les prix ont baissé ; profitons-en. Vivre dans le centre de la Capitale, rouler en grosse cylindrée, dîner rive droite et avoir l'air de trouver ça normal a un coût que comblent à peine mes émoluments. Qu'un client s'absente quelques semaines, et mon chiffre d'affaires fond comme neige au soleil. Je ne me plains pas, mais conseille simplement à celles et ceux qui se rêvent pleins aux as de s'orienter vers une carrière de *trader*. Un *coach* sportif donne plus qu'il ne reçoit.

Préparateur physique à domicile : selon l'*URSSAF*, mon titre officiel. Je continue de me triturer les méninges pour trouver le juste intitulé. Certains disent que je suis dans le sport, ou la relaxation. D'autres se taisent, mais n'en pensent pas moins. Moi, je vagabonde entre le marteau et l'enclume. Toujours en mouvement. C'est mon credo. Le corps est une mécanique formatée pour l'activité physique, et chaque membre trouve son utilité dans l'action. La lui refuser, c'est l'achever — qui aimerait traîner son cadavre à longueur de journée ?

L'hiver arrive : joindre l'utile à l'agréable en m'exfiltrant quelques semaines. Plus besoin de sprinter pour me rendre à l'agence ; mon téléphone s'occupe de tout. La révolution technologique a grandement contribué à l'essor des métiers de la forme. J'ai démarré il y a vingt ans dans un business réservé à une élite. Désormais, le *coaching* se sert à toutes les sauces — en séduction ; côté jardin ou couple, il y en a pour tous les goûts, et toutes les bourses. Cette jeune corporation ne connaît pas la crise. La barre *Google* est formelle : le *coach* sportif reste le plus populaire.

Véronique et Davina, amazones de la profession, n'y sont pas étrangères. Le succès de leur émission culte — *Gym Tonic* — a dopé les salles de l'Hexagone vers la fin des années quatre-vingt. L'aérobic, d'abord considérée comme une activité féminine — les deux hommes qui figurent au générique se perdent dans la masse — ne fait plus mauvais genre. Sous les diktats de la mode, les tendances s'uniformisent, quand elles ne s'inversent pas — aujourd'hui, les femmes s'essaient aux appareils de musculation et les hommes au *fitness* : une tendance observée dans les classes dites « moyennes », « moyennes plus », capables de claquer les sommes nécessaires aux abonnements annuels, tenues fluorescentes et autres boissons énergisantes, pendant que le peuple continue de s'échiner sur le tapis roulant des usines. La clientèle aisée dont je m'occupe ne suit pas le tempo.

Pour la satisfaire, j'ai dû monter en gamme et étendre mon activité. Me voilà depuis dix ans masseur plus qu'entraîneur sportif. La demande explose, comme les nerfs de mes obligés.

On ne naît pas *coach*, on le devient. Me concernant, la transition s'est faite en répondant à une seule question : ce que je savais le mieux faire. Champion de karaté, m'entraîner et trouver la motivation pour aller au combat n'avaient plus de secret pour moi. Ces deux qualités m'ont convaincu de quitter ma routine pour tenter ma chance dans ce secteur d'activité.

Un des avantages à travailler pour son compte est qu'on récolte ce que l'on sème. Si l'on sème en toute saison.

J'ai démarré par une maigre récolte. Ma première, et seule cliente pendant plusieurs mois, m'a été présentée par une camarade. Il suffisait que la dame disparaisse quelques jours pour que je rame sérieusement dans ma voiture — trop fier pour les minimas sociaux, je couchais le soir dans ma Twingo, toujours garée dans l'impasse, près du cimetière. Ayant goûté aux exigences du sport de haut niveau, j'avais de bonnes bases mais pas de réseau pour pénétrer le cercle des coachs privés.

Deux ans plus tard, un célèbre palace de l'avenue Montaigne — l'auteur *Des Cannibales* — m'a ouvert son monde étrange et merveilleux peuplé de rois et de princesses, de dragons et autres milliardaires en quête d'un ordinaire toujours plus extraordinaire. C'est en devenant l'adjoint du directeur des thermes du palais — un ancien catcheur avec qui j'ai diablement progressé — que la certitude d'être fait pour ce métier s'est révélée. Mon mentor inaugurait, parallèlement à ses impératifs hôteliers, sa propre salle de sport à deux pas du musée des égouts. Le droit d'entrée ? Trois mille euros l'année, chacune des séances étant facturée cent. À ce prix, un *coach* personnel à discrétion, des machines dernier cri, mais surtout le calme absolu et la possibilité de privatiser l'espace, tout de marqueterie ; un *must have* pour la cinquantaine d'abonnés.

Celui dont je me suis d'abord occupé avait gagné au Loto et s'était mis en tête de s'offrir un corps râblé. Peine perdue ; même alourdi d'une somme à sept chiffres, il n'était déjà plus que l'ombre de lui-même. Son manque d'assiduité, et le peu d'entrain à me suivre, rendait le millionnaire impossible à modeler. J'ignore si mes cours lui ont apporté, mais j'ai, grâce à lui, pris une belle leçon, et pas des moindres : la fortune permet d'acheter des choses, mais pas la volonté.

Au fil des semaines et au gré du bouche à oreille serti d'émeraudes et de diamants, voilà qu'on s'intéresse à moi, qu'on me réclame. Ma publicité se fait hors des écrans : celles et ceux qui peuvent s'offrir plusieurs fois par semaine mes services n'ont aucune envie de me partager avec d'autres.

Ils sont fiers d'entendre mon nom circuler parmi leurs pairs, mais ne tolèrent pas que je me fonde dans la masse. Une clientèle exclusive s'octroie des collaborateurs exclusifs.

Période ô combien formatrice : mon rapport à l'argent, pour commencer, s'en est trouvé complètement bouleversé. Au départ, j'avais un mal fou à annoncer un tarif élevé — exiger dix fois le salaire moyen à l'heure semblait indécent —, mais aux yeux de mes nouveaux compagnons, qui se méfient des soldes, le juste prix s'échelonnait entre deux et trois cents euros la séance. La satisfaction de mes créditeurs m'a fait prendre conscience de ma qualité, véritable plus-value dans leur quotidien semé d'angoisses et de points de côté.

Plusieurs années, les rendez-vous se sont enchaînés, au mépris de mon propre équilibre. Le vent en poupe, j'étais à la barre sans arrêt. Persuadé de toucher les étoiles, j'ai tout donné, jusqu'au *burn-in*, un beau matin d'avril. Quelques semaines plus tôt, un autre palace parisien m'avait engagé pour prendre soin d'une famille en villégiature — au départ, le fils et son épouse, puis rapidement d'autres membres de la maisonnée. J'ai sué un mois durant, du lundi au dimanche, enchaînant les rendez-vous, jusqu'à ce que mon corps — que je ne remercierai jamais assez — me lâche. Me faire ça à moi… Comme beaucoup, je jurais que le travail, c'est la santé. Je ne pouvais qu'être dans une forme éblouissante. Jusqu'à l'épuisement final, le trou noir : deux jours sans lumière ni son. Aveuglé par ma capacité à jauger l'inconnu en un coup d'œil, je n'ai rien vu venir.

Repenser entièrement l'approche du métier s'imposait. Le règne de la quantité s'achevait et, las de ma quête d'abondance, je me suis converti à la qualité. D'abord en m'envolant entre le Laos et la Birmanie, dans la province de Chiang Maï. Là, une cliente allait se faire masser par « le meilleur thérapeute du monde ». Elle en revenait chaque fois si bouleversée que j'ai fini par m'y rendre. Depuis, j'y reviens chaque hiver pour apprendre de son tortionnaire. En troquant les biftons contre ma formation, j'ai pris un tournant radical qui aujourd'hui fait ma réputation.

Le prochain rendez-vous tombe à l'eau. Par texto. Laconique. « On annule pour ce matin. Te bipe plus tard. P. » Je n'en demandais pas tant : tu viens de griller ton dernier joker, et je peux enfin te rayer de mon agenda. « – Faites du sport, ça vous aidera... », avait recommandé le médecin qui me l'envoyait. À quoi ? Mieux vivre ? Ici, je ne vois que la réincarnation. Des mois que je rabâche les mêmes recommandations, des mois qu'il les traite par-dessus l'épaule. Un régime alimentaire catastrophique, une hygiène désastreuse, et cet irréversible penchant pour la goutte. Monsieur n'en fait qu'à sa tête. Chez lui, le seul muscle en action, c'est la langue. Et il voudrait que je lui serve de bonne conscience, joue les confesseurs en marcel. Je refuse de perdre mon énergie à brosser dans le sens du poil des mufles, quelle que soit la taille du compte *offshore*.

Paul ne pourra pas m'accuser d'avoir manqué de patience. L'apothicaire non plus. En trois mois de « collaboration », ce dernier ne m'a jamais appelé pour que nous réfléchissions à une stratégie commune. Pour lui, je n'existe pas. Au mieux, je suis une béquille, au pire, un sparadrap. Pendant ce trimestre, j'ai lu avec attention leur correspondance : et un anti-inflammatoire par-ci, un relaxant musculaire par-là, un médicament pour contrecarrer les effets secondaires de l'anti-inflammatoire, encore un pour... Une exécution, avec préméditation. Le mobile ? Toujours le même : l'argent. Et pourtant, Paul ne jure que par celui qui lui inflige les pires souffrances, sous prétexte de les soulager. Les nouveaux prophètes ; blouse blanche et Vidal. Au-dessus ? Personne. Sous leur juridiction : l'humanité. Ils ordonnent. La seule réplique autorisée ? « – Merci Docteur, combien je vous dois ? » Dorénavant, lorsqu'on fait appel à moi lesté d'une monstrueuse boîte à pharmacie, je reste sur mes gardes ; l'anesthésiste a la main et ne la lâchera pas. Il peut se tromper, tricher, défaillir ; qui donc se retournera contre lui ? Alors que l'erreur m'est interdite. Paul, que je ne reverrai plus, m'a plusieurs fois couvert de reproches, persuadé que son *coach* était à l'origine d'un faux mouvement qui lui aurait causé un affreux mal de tête ! Que faire ? Lui expliquer que c'est à son *dealer* qu'il convient de se plaindre ? Voire à son avocat pour non-assistance à personne en danger ? Je regrette sa situation, loin d'être isolée, mais je connais mes limites et ne peux rien s'il ne s'aide pas lui-même.

Cyrano

Douze euros au compteur. Après la place de la République, nous longeons la rue de Turbigo. La main sur le cartable, je risque un coup d'œil à gauche vers le passage Sainte-Élisabeth, et la minuscule cour du lycée Abbé Grégoire, collée à l'église, où, avec d'autres naufragés du système scolaire, on se regroupait entre deux cours de BEP secrétariat. Alors que je me réabonnais chaque année, l'Éducation nationale n'avait rien de mieux à m'offrir qu'un poste de dactylo. Entre ça et tanner le cuir — la seconde option m'orientait vers un CAP maroquinerie —, j'ai choisi la facilité, persuadé que la pilule serait plus simple à avaler entouré de lycéennes. Unique mâle d'une classe composée de demoiselles, je pensais avoir mes chances avec au moins l'une d'elles. Malheureusement, aucun des traitements contre l'acné n'a suffi à retrouver la confiance qui me fuyait depuis le collège. Quelques semaines plus tard, je m'avouais vaincu et battait en retraite sur le champ de bataille d'une scolarité qui n'avait pourtant pas si mal commencé.

Depuis ce jour, mes fesses n'ont plus frôlé un banc d'école. « Pas de place pour un cancre de cette espèce au sein de notre établissement » : la synthèse du dernier conseil de discipline. Dehors, il y avait tout l'espace nécessaire. Si j'étais de la graine de voyous, comme le répétait l'institution, pourquoi me planter là, au beau milieu du terreau fertile de la rue ? Sûrement pour le plaisir de m'arracher ensuite comme de la mauvaise herbe. D'un fonctionnaire à l'autre, du policier au professeur, l'État veille. Je n'ai jamais trouvé grand intérêt à la délinquance. J'en étais, c'est vrai, mais en qualité d'observateur. Neutre comme un Suisse. Et ponctuel aussi. Lors de mes derniers mois d'école, le proviseur de l'ultime établissement à m'avoir accepté me faisait signer un contrat stipulant que je devais verser mensuellement à l'administration la somme de deux mille francs. Il dirigeait un établissement privé d'enseignement catholique, et deux mille ans d'expérience, ça se paie. Bien incapable de me rappeler l'intitulé du diplôme dont j'étais censé nourrir mon cerveau embrumé, je n'y suis resté qu'un trimestre, jusqu'au vingt et un janvier. D'après la loi, je devais attendre mes seize ans pour rompre avec l'école et la loi, c'est sacré.

Jusqu'à dix-huit ans, mon véritable challenge a consisté à retrouver mon adresse. Les folles journées passées à *sniper* un à un les millions de neurones inutiles à un gamin déscolarisé ne favorisaient pas le retour au bercail, et forcément, la mémoire se faisait la belle juste après la raison. Je répétais les prénoms de mes complices à chaque phrase pour être certains de ne pas les oublier.

– La fin de votre livre, vous voulez en parler ?

– Pas tout de suite.

– Bien sûr ; il faut commencer par le commencement. Alors, comment on devient écrivain ? Il y a des études pour ce métier ?

– Des formations de création littéraire, à l'université.

– Que vous avez suivies ?

– Pas vraiment. J'ai arrêté l'école en troisième.

– Attendez, attendez... Vous êtes en train de me dire que vous n'avez pas dépassé le collège ?

– Oui, mon point final. Quelques points de suspension entre le lycée professionnel que nous venons de dépasser et un autre vers Montmartre dont j'ai oublié le nom.

– Alors là, faut que vous me racontiez ça... Comment, alors qu'on aime écrire, on lâche l'école si jeune ?

– C'est une longue histoire.

– Il reste un paquet d'euros pour me la raconter. Je suis tout ouïe.

– Mes premiers feuillets sont adressés à une camarade de classe. Je viens d'être renvoyé de Flora Tristan avant de poser mes guêtres à Lucie Faure, toujours dans l'est parisien. J'ai mis un bon mois à la remarquer. Et des années à m'en remettre.

– Ça ne s'est pas bien passé ?

– Pas vraiment.

– Pour quelle raison ?

– Elle n'en a jamais rien su.

– Je ne comprends pas.

– J'ai gardé les lettres. Pas le courage de lui transmettre. Alors, je me suis fait une raison, et l'idée de me préserver s'est imposée jusqu'à remplacer celle de la courtiser. Voilà, c'est ça : un amour raisonnable. À ma taille. Je n'aurais, de toute façon, pas su quoi faire de son désir si par miracle j'arrivais à partager la moindre phrase. Et de son refus ? Je préfère ne pas y penser…

– C'est triste.

– Ça se soigne la tristesse. Et puis, j'ai pris ce qu'il y avait à prendre. Chaque fois que je terminais une histoire, je sentais la détresse fondre pour laisser place à l'euphorie. Plaisir fugace, mais suffisant pour supporter la nuit à venir. De retour en classe, je repassais l'épreuve, mais au moins, j'avais de quoi tenir. J'ai agi dans l'urgence. Par instinct. Il fallait un moyen pour supporter sa présence, près de moi, en moi, partout, tout le temps.

– Je suis désolé de vous rappeler ces mauvais souvenirs…

– Pas d'inquiétude. J'ai mis des pages à passer à autre chose, mais c'est derrière moi maintenant. À travers ma correspondance, je découvre la formule secrète d'un remède particulièrement efficace. Pendant que mon imagination dicte l'action, mes nerfs se calment. Mes jambes ne tremblent plus. De *looser*, je deviens conquérant. Beau et solide à la fois. L'équation était simple : plus j'écrivais, plus je maintenais cet état. L'idée m'a été soufflée par un frère d'arme, après les vacances de février, quand Monsieur Bernard nous emmène voir *Cyrano*, de Rappeneau. Vous l'avez vu ?

– Ça me dit quelque chose. Mais ça date.

– Du siècle dernier. J'ai quinze ans, et plus très longtemps à tirer en cours. Ce jour-là, couvé par la salle obscure, j'apprends à pleurer. En le voyant reprendre son souffle alors qu'il compose les lettres qu'il ne signe jamais, écrasé par la malédiction de son propre nez, je m'identifie à lui, otage d'un grain de peau qui chaque matin découvre de nouveaux boutons à percer. Comment, à l'instar de mon héros, aurais-je osé dire à ma Roxanne que je l'aimais ? Au collège, je suis le plus vaillant des ados, tirant ma troupe vers des aventures dont nous sommes les fantassins, et qui finissent le plus souvent par un acte de bravoure à romancer. Mais devant elle, je demeure bouche bée. Incapable de prononcer ces syllabes qui auraient tout changé. Après le film, de retour au bercail, j'ouvre mon cahier et rédige mon premier courrier. Plume en main, j'entrevois au fil des phrases l'extraordinaire capacité à me raconter des histoires.

– Je veux bien vous croire. Je dois avouer qu'au départ, je vous ai demandé de parler de vous pour faire la conversation. Là, vous commencez à m'accrocher. Votre camarade de classe ne l'a jamais su ?

– Jamais. Jusqu'à hier, quand je l'ai revue.

– Vous ne l'avez revue qu'hier ? Vous n'étiez pas restés en contact ?

– Oui. Brièvement. Et non, pas vraiment. Après le dernier conseil de classe, je ne retourne pas au collège. Je rêvais de poursuivre ma scolarité au lycée où elle venait d'être admise pour m'initier à la philosophie à ses côtés. On nous en avait parlé, et je pressentais l'influence de cette matière pour me soulager. Pas seulement d'un amour mort-né, mais de tout ce magma qui commençait sérieusement à m'embraser. J'étais si heureux de cette perspective, et persuadé qu'on s'y retrouverait après les vacances. J'avais même juré à ma mère qu'alors, je serai sérieux et lui amènerai ce certificat dont elle rêvait tant. Quand notre professeure principale m'apprend mon affectation en lycée professionnel, je ne comprends pas. Et affirme naïvement que c'est en seconde générale que j'irai étudier la philosophie. Elle m'a répondu, confuse, que ce n'était pas possible. J'ai rétorqué que j'avais la meilleure moyenne de la classe en français — mon père a toujours insisté pour que nous prenions très au sérieux le maniement de la langue, tranchante comme le rasoir et indétectable aux portiques de sécurité —, elle a répliqué que j'avais aussi la plus mauvaise en math, et qu'il fallait au moins la moyenne dans les deux matières pour y être accepté. Impuissant, je prends cette décision comme une trahison. Après cela, même si je la croise parfois dans le quartier, jamais je n'ai trouvé le courage de ma déclaration. Jusqu'à hier.

– Comment a-t-elle réagi ?

– D'abord hébétée, puis confuse. Comme si elle devait s'excuser de ma lâcheté. Elle a cherché ses mots pour me consoler, mais ma confession avait déjà rempli cette fonction. Maintenant que c'est fait, nous ne nous reverrons plus.

– C'est radical ! Mais vous devez savoir ce que vous faites avec le temps. Si ce n'est pas indiscret, quel âge avez-vous ?

– Presque cinquante ans.

– Trente-cinq années à cacher un si lourd secret…

– Ça va mieux. N'est-ce pas le plus important ? Allez bien, je n'y crois pas. À chaque jour suffit sa peine, n'est-ce pas ?

– N'est-ce pas.

– Nous sommes déjà passés par là ?

– Oui, il y a des travaux de l'autre côté. Il y en a partout ! Foutue cité. Et je le lui dis avec amour !

– Écrivez-lui plutôt.

– Oui, à madame la maire, tiens ! Je vais le faire. Vous avez raison. Un bon exutoire pour la colère… Et après, vous avez continué d'écrire ?

– Pas exactement. Hors-les-murs de l'école, je perds mes mots, mon inspiration. Et me transforme en pilier de la bande de décrocheurs que j'accompagne. Une dizaine de gars qui comme moi n'étudieront jamais la philosophie, sauf au placard, pour l'un d'eux. Dix ans de cabane, ça laisse le temps de réviser ses partiels. De construire un mémoire, une thèse.

– Dix ans… ça aussi, ça fait long ! Si ce n'est pas indiscret, pour quel motif ?

– Toujours pour la même raison : une erreur de jugement, un coup, des hurlements. Et le corps qui s'emballe. Quand on est déscolarisé, on commence par perdre son vocabulaire, qu'on remplace souvent par la colère. Entre la vulgarité et l'invective, le rejet des règles n'exclut pas celles d'orthographe ni de grammaire. Ajouté à cela une imagination atrophiée par l'absence de livres.

– Je vois… Donc, plus d'écriture.

– Pendant des années. Le seul papier que j'emprunte, c'est pour le colorier à la bibliothèque où je vais, entre deux délits, crayonner.

– Des petits, j'espère…

– Au départ, pas grand-chose. Je fais de mon mieux pour simplement traîner avec la bande, sans trop participer. Mais rien n'est simple à cet âge. Comment y rester sans participer ? Alors, la digue finit par craquer. Et je me noie graduellement. D'abord, en volant des conneries inutiles chez de pauvres petits commerçants, avant de me mettre à dealer du haschich. Pas grand-chose, mais suffisamment pour glisser vers la délinquance. La plupart du temps, quand on n'a rien d'autre à faire, on se bat. Tous les jours. Sans relâche. C'est le souvenir le plus marquant de cette époque. La violence des coups, entre nous, et contre « les grands ». Le week-end, on cogne les videurs de discothèque qui ne nous laissent jamais danser. On achète des vêtements chers et de marque, et on passe chez le coiffeur pour se raser la tête au millimètre près. La quincaillerie vingt-quatre carats de sortie. Mais on ne perce pas. Ces agents de sécurité, d'origines maghrébine ou africaine, ressemblent à nos grands-frères, mais nous rejettent comme les autres adultes — principaux, policiers, contrôleurs de train contre qui on croise le fer. Alors, on leur saute à la gorge comme des enragés, à mains nues, sans craindre les conséquences, si habitués à la castagne qu'on en redemande. Nos muscles, à force de nous frotter les uns aux autres, sont noués comme une chambrière. Lors d'une descente, mon sang coule, à l'arcade sourcilière. J'y goûte quand il bute sur mes lèvres. Cette nuit-là, on perd et bat en retraite. C'est caché sous un camion, le cœur tapageur, que je suis confronté, pour la première fois, à mon fluide intérieur. Malheureusement, pas la dernière, mais difficile de faire marche-arrière quand on en veut à la terre entière. Alors, pour qu'on nous remarque, on fait le contraire de ce que la société autorise, et la brutalité nous sert de gyrophare pour signaler aux majeurs notre présence — et leur absence, par la même occasion. Je me souviens d'une « activité » qu'on pratique régulièrement en quittant le quartier à deux ou trois petits mecs pour marcher au hasard des rencontres. Dès qu'on croise un gars suffisamment costaud, on bataille contre lui, l'un après l'autre, sans raison. Éreintant. Physiquement, mais surtout moralement. Si le groupe motive l'action, je la passe à me demander ce que je fous là. Et comment en sortir ? Alors, pour souffler un peu entre deux bastons, je m'évade à la bibliothèque de la rue Sorbier où, à mon plus jeune âge, mes parents m'ont laissé tous les soirs après l'école. J'ai enfin le droit de monter à l'étage, réservé aux « grands ». La journée, à part une ou deux personnes âgées, l'endroit reste désert. Je prends une bande-dessinée, comme celles de *Corto Maltese* que j'adore. Pour son style, sa beauté, mais surtout la liberté avec laquelle il mène ses aventures, jamais au même endroit, des mers du sud à Venise en passant par la Chine, l'Iran, l'Amérique… Avec lui, je retrouve mes cours d'histoire, de géographie. Et me rêve en aventurier séducteur qui trouve sur son chemin les femmes guidant son cœur. À la fin de ma lecture, je demande poliment à Martine, la bibliothécaire, feuilles et crayons pour dessiner, et redeviens avec elle ce minot qu'elle accueillait des années auparavant en prenant le relais de mes vieux. Sur la table du fond, je réunis mes souvenirs pour dessiner un de mes personnages favoris que je suis chaque semaine à la télévision dans la série *Dragon Ball*. À l'époque, ni magnétoscope, ni internet pour revoir les épisodes. Alors, l'imagination prend le relais, et je croque du mieux possible *Satan Petit Cœur*, en commençant par son turban blanc que je reproduis les yeux fermés.

– *Satan Petit Cœur* ?

– Oui, je l'adorais. Ce guerrier a d'abord été du mauvais côté de l'histoire avant de devenir l'incarnation de la sagesse. Après avoir exprimé sa rage, il s'est apaisé pour servir ses compagnons qu'il entraîne à devenir meilleurs.

– Il porte mal son nom…

– Il fait comme nous tous ici-bas ; de son mieux avec ce qu'il a.

– Pas faux. Donc, vous dessinez *Satan Petit Cœur*…

– Pendant des heures, de la tête aux pieds. Chaque membre patiemment tracé. Malheureusement, je n'arrive pas à le mettre en mouvement. Il reste figé, me défiant du regard que je viens de lui offrir, attendant là, comme pétrifié, que je le fasse bouger. Un échec patent. Désespérément immobile, ses muscles ne lui servent à rien. Même si c'est le moindre de mes soucis, j'en suis désolé. Et cesse de solliciter Martine. Quelques mois plus tard, bien malgré moi, je retourne au style que je maîtrise mieux, celui des lettres.

– Une nouvelle amoureuse…

– Si seulement. C'est en prison que je reprends la plume, poursuivant mon apprentissage, cette fois à travers ce qui s'apparente à une écriture journalistique relatant les faits tragiques dont je suis le témoin privilégié.

Juvénal

– Sain de corps et d'esprit...

– Pardon ?

– Sain de corps et d'esprit ; le rêve des bienheureux. Vous y croyez ?

– Oui. Essayez de plier la jambe, doucement.

– Je me suis toujours demandé d'où venait cette formule.

– *Orandum est, ut sit mens sana in corpore sano.* Il faut prier pour un esprit sain dans un corps sain. C'est une citation, de Juvénal.

– Juvénal ?

– Un poète latin.

– Et que dit-il d'autre, ce brave homme ?

– Dans ses satires, il critique les mœurs romaines, qu'il juge dissolues. Je vous avoue que je n'ai gardé en mémoire que la formule sur le corps et l'esprit.

– Un genre de slogan publicitaire, pour votre activité ?

– C'est le début de l'expression qui m'intéresse.

– Celle où il est question de prière ?

– Oui. Vous pouvez relâcher. Passons à l'autre jambe.

– Vous êtes croyant ? Quelle chance ! J'ai personnellement de plus en plus de mal à rester athée.

– Je crois l'être, mais rien n'est moins sûr.

– Vous aussi, vous naviguez à vue ? Je me sens moins seul d'un coup. Dire qu'avec ce qui m'arrive, je ne peux même pas lancer une de mes tirades favorites : « Qu'ai-je donc fait au bon Dieu pour mériter cela ! » Vous avez vu mes films ?

– Quelques-uns.

– C'est-à-dire ?

– Deux, peut-être trois.

– Apparemment, le troisième ne vous a pas bouleversé. Ne le prenez pas mal, je m'en fiche aujourd'hui. Vous avez déjà eu à faire à ce mal ?

– Pas encore.

– Spondylarthrite ankylosante : ça sonne faux. Ces noms de maladie manquent de poésie ! Ils pourraient faire un effort au moment de les baptiser ; quand je pense que je vais devoir lui tenir compagnie pour le restant de mes jours. Nathalie dit que vous êtes le meilleur masseur de Paris.

– Nathalie m'aime beaucoup, et exagère tout autant. Faisons une pause. Profitez-en pour bien respirer.

– Je peux rester allongé ?

– Bien sûr. Détendez-vous. Nous ne sommes pas pressés.

– Non, c'est certain. J'ai même l'impression que je vais avoir tout le temps nécessaire pour me détendre. Le téléphone ne sonne déjà presque plus.

– ...

– Ne soyez pas gêné, Darius. Finalement, je crois que je me porte bien mieux depuis que mon corps me lâche. Une sensation proche de la délivrance. Surprenant, n'est-ce pas ? Connaissez-vous l'histoire du perroquet d'Inde ?

– Je ne crois pas.

– Une histoire merveilleuse. Je vous la raconte ? Je suis un excellent conteur, vous savez !

– Je vous en prie.

– Puis-je me redresser un instant ?

– Non.

– Comme vous y allez ! Ça fait longtemps qu'on ne m'a pas parlé comme ça... Bien, je reste allongé ; ce ne sera pas la première fois que je délire dans cette position. Où en étais-je déjà ?

– Le perroquet.

– Je me lance ! Un commerçant possédait un perroquet

plein de dons. Un jour, il décide de partir en Inde et lui demande ce qu'il veut. Ce dernier lui répond : « – Là-bas, il y a beaucoup d'oiseaux qui me ressemblent. Va les voir pour moi. Décris-leur ma situation, cette cage. Et salue-les de ma part». En arrivant, il se rend en un lieu où il y a des perroquets. Alors qu'il transmet les salutations de son animal, l'un d'eux meurt foudroyé. Le marchand, étonné, se dit : « Pauvre de moi ! J'ai causé sa perte. Je n'aurais pas dû livrer ce message. » Puis il rentre chez lui. Le perroquet lui demande : « – Raconte-moi ce que tu as vu. » À ces mots, le commerçant, confus, déclare : « – Lorsque j'ai parlé de toi à tes amis, l'un d'eux est tombé à terre, sans vie... » À cet instant, le volatile s'effondre à son tour. Plein de tristesse, son maître s'écrie : « – Ô mon bel oiseau au langage suave ! Ô mon ami ! J'ai perdu mon trésor ! » Après avoir longtemps pleuré, il ouvre la cage. Au moment de s'emparer de l'animal, ce dernier s'en va percher sur un arbre. Son propriétaire, médusé, lui dit : « – Explique-moi ce qu'il se passe ! » « – Mon frère m'a expliqué le moyen de quitter la volière. Par son exemple, il a voulu me dire : "Tu es en prison parce que tu parles. Fais donc le mort." Adieu, ô mon maître ! Toi aussi, un jour, tu rejoindras ta patrie... »

– Mourir avant de mourir.

– Pardon ?

– L'histoire me rappelle cette sentence.

– Oui, c'est exactement ça ! Il a fait le mort pour se libérer. J'ai l'impression de vivre la même conjoncture ; depuis le diagnostic, les sollicitations se font rares, les scénarios n'arrivent plus, les flashs se sont éteints, et je trouve tout cela extrêmement vivifiant. J'ai le sentiment que cette maladie est une bénédiction. Étrange, n'est-ce pas ?

– Effectivement ; vous commencez à utiliser un vocabulaire religieux. Attention, vous glissez...

– Sérieusement ! J'imagine que vous croyez comme tout le monde à la prééminence de la santé sur la maladie, à son excellence, sa supériorité ; vous vous levez le matin et vous couchez le soir en priant pour sa sauvegarde. Ce n'est pas un reproche ; nous en sommes tous là ! J'ai moi aussi supplié la même divinité, des années durant. Jusqu'à ce que l'arthrite me ramène à la raison. Et si la santé n'était en définitive que le miroir de l'impossible perfection humaine ? Savez-vous à quel âge j'ai commencé à me perdre dans son reflet ? Si jeune… Je suis sous le feu des projecteurs depuis l'adolescence. Trente ans que je sers l'idéal, si bien qu'on me paie pour cela, qu'on m'a honoré de prix, de trophées que je range fièrement dans la vitrine d'une bibliothèque sans livre. À quoi bon m'encombrer d'encre et de papier ? Je suis La vérité, mes récompenses le prouvent. Savez-vous pour combien de couvertures j'ai déjà posé ?

– Je l'ignore.

– Des dizaines. Quant aux films : vingt-deux, et autant de récits à la gloire du canon national-socialiste ! Oui, vous m'avez bien entendu. Vingt-deux mascarades où l'on m'a choisi parce que j'étais fort, beau, jeune. Des films de propagande pour le régime totalitaire du paraître. J'ai servi d'agent recruteur à cette dictature, et vous aussi !

– Vu sous cet angle.

– Ne le prenez pas mal ; l'exaltation fait partie de ma nature. Nous allons passer du temps ensemble et vous allez apprendre à me connaître — à m'apprécier, qui sait. Quoi qu'il en soit, ça me fait un bien fou de ne plus servir la cause, si vous saviez ! Ne plus susciter le désir. Repousser le chaland, s'en défaire... Je me sens libre de son regard lubrique, jaloux, concupiscent ; affranchi des intentions malsaines de mes impresarios ; heureux comme jamais, finalement. Et c'est à la maladie que je le dois. Vous me trouvez fou, n'est-ce pas ?

– Au contraire ; je vous trouve plutôt sain.

– Sain ?

– Vous envisagez avec clairvoyance votre parcours, votre état, la véritable place qui est la vôtre, et je trouve salutaire de vivre sans se raconter d'histoires.

– Certes, mais je ne suis plus vraiment en bonne santé.

– La santé, au même titre que la maladie, n'est qu'un concept. Plus porteur, pour d'évidentes raisons de *marketing* :

emballage raffiné, odeur agréable ; en tant qu'ancien VRP, vous êtes bien placé pour le savoir ; tout est question de packaging. Disons que le lobby des médecins est plus efficace que celui des croque-morts ; c'est un fait.

– Vu sous cet angle…

– Il faut croire qu'au fil des siècles, elle a été mieux traitée que sa siamoise ; et pourtant, elles sont si proches que l'une ne va jamais sans l'autre. C'est à la lumière de la maladie qu'elle se pare. Sans la nuit, que serait le jour ? Une calamité sans fin.

– Vous avez raison.

– Évidemment, puisque vous me payez. Être sain peut s'entendre de différentes manières ; pour la masse, cela signifie être en forme ; mais je crois, pour ma part, en l'équilibre. Ne parle-t-on pas de saine colère ? Pourtant, elle est déconseillée par le corps médical. Dans votre cas, c'est une évidence ; votre état, bien qu'il ait le goût de la maladie, vous guide vers une vie meilleure.

– Sans doute.

– Nous allons passer du temps ensemble, et vous aussi allez apprendre à me connaître — qui sait, à m'apprécier peut-être. Je ne suis pas un agent de santé, comme vous dites. Si c'est pour la retrouver que vous louez ma collaboration, autant la stopper immédiatement. Considérez-moi plutôt comme un partenaire dont l'objectif est de composer avec le sort. Inexorablement, la vigueur vous tourne le dos ; le moindre de vos mouvements devient laborieux, et la fatigue sera bientôt, si ce n'est déjà le cas, votre état naturel. Nul besoin de vous parler des réactions cutanées, qui ne devraient pas tarder ; tout cela, votre médecin vous en a déjà causé. Ce bon docteur a également dû vous prévenir de la photophobie inhérente à votre pathologie ; et pourtant, à vous entendre, votre vision se renforce, elle s'éclaircit. Votre personnage, votre entourage, vos désirs vous apparaissent plus clairement. Vous devenez lucide, après vous être bercé d'illusions. Je compte vous apprendre à regarder dans d'autres directions que celles de vos innombrables miroirs.

À fermer les yeux sans crainte pour mieux apprécier certains aspects de votre nouvelle existence.

– Fermer les yeux ? Mais que voit-on les yeux fermés ?

– Tant de choses, en réalité. On rêve de formes, de couleurs, de visages qu'on regrette les yeux ouverts. On médite. On prie. Vous pensiez que je ne m'occupais que du renforcement musculaire ? Voyons, Nathalie vous a prévenu ; je suis le meilleur masseur de Paris.

– Poursuivez.

– Je ne crois pas plus en la supériorité de la santé que vous ne croyez aux statuettes qui ornent votre bibliothèque. Je crois en l'équilibre, et à la stabilité qu'il procure. Chercher en permanence à satisfaire le regard de millions d'individus est une folie ! Cela équivaut à évoluer en permanence sur un fil d'équilibriste, à craindre sans cesse l'accident, la chute, la mort. Votre situation a la faculté de dévider ce fil, et vous constatez que ce n'est pas si terrible de « ne plus être », bien au contraire. Loin de vos admirateurs, vous voilà libre, jouissant de l'instant. Maintenant, à l'instar du perroquet, il va falloir réapprendre à voler ; à combattre la peur de l'inconnu, vous qui n'avez goûté qu'à la cage, si confortable soit-elle. Je vous tiendrai la main, jusqu'à ce qu'elle ne vous gouverne plus. Ce qui nous terrorise dans la maladie, c'est la soudaineté de sa rencontre, l'effet de surprise. Vous avez la chance de l'aborder en douceur — si je puis dire —, et sentir au quotidien qu'elle n'est pas votre ennemi, mais une part de votre réalité. Profitons-en.

Bismillah

Quarante-six euros. Nous contournons la Place Vendôme avant de traverser la Seine.

– Avant de vous laisser monter, j'ai hésité. Depuis que je fais le taxi, croyez-moi, j'en ai rencontré des originaux, mais c'est la première fois qu'on me donne des centaines d'euros pour me balader en ville. Souvent, des touristes me louent à la journée pour les amener de tel monument à ce restaurant à la mode, avec en tête le projet de visiter Paris dans ses grandes lignes. Vous êtes d'ici. Et connaissez certainement la Capitale mieux que moi. Alors, je n'arrive pas encore à saisir ce que vous cherchez, mais vous semblez sincère, et c'est assez rare pour être accompagné.

– Comment vous appelez-vous ?

– Moïse.

– Sacré nom de baptême.

– Je viens d'une famille de pasteurs, et j'ai hérité de ce prénom comme de la foi qu'ils m'ont transmise.

– Je l'ai remarqué, au chapelet.

– Oui, un autre cadeau. Il appartenait à maman qui nous a quitté. J'essaie de cultiver son souvenir en gardant un œil sur lui.

– Paix à son âme.

– Paix à son âme.

– J'ai l'impression que vous essayez de me dire quelque chose.

– Eh bien, puisqu'on a le temps des révélations, je crois que je ne vous ai pas pris par hasard.

– Vous m'intriguez.

– Oui, Monsieur. J'ai…

– Omar.

– D'accord. Voyez-vous, Omar, j'ai un fils, Joseph. Il a quatorze ans, et ne veut plus aller à l'école. Pour l'instant, il reste à la maison et lit, beaucoup. Même si je suis très contrarié de la situation, je le laisse tant qu'il ne traîne pas dans le quartier avec les garnements, en me disant que c'est passager. Un caprice d'adolescent. Mais depuis cette semaine, il commence à les fréquenter un peu. Il est rentré deux fois après minuit, ce qu'il n'avait jamais fait avant. Il va directement dans sa chambre. Le regard fuyant. Impossible de dialoguer. Depuis, sa mère et moi, on ne dort plus. Hier soir, on a accompagné une paroissienne au commissariat pour récupérer sa fille. Je crois que je n'avais jamais vu autant de peine sur le visage d'un parent. Elle a été arrêtée pour une bagarre. Et jure que c'était pour se défendre, mais vous comprenez, elle a seize ans, deux de plus que notre garçon. Je me suis demandé comment je réagirais si je devais aller le chercher au poste de police, moi qui n'ai jamais eu le moindre problème avec la justice. En vous écoutant, j'ai l'impression que Dieu répond à mes prières en vous mettant sur mon chemin pour m'aider à comprendre ce qui se passe dans sa tête.

– Dieu nous aide, Moïse.

– Vous êtes croyant ?

– Comme tout le monde, je fais de mon mieux.

– Je suis désolé, je vous embête avec mon histoire. Vous devriez prendre le volant, et je vous donne ce que j'ai en caisse pour vous la raconter !

– Pas d'inquiétude. Ça ne me dérange pas. Et puis je n'ai pas le permis.

– Un vrai Parisien ! Bon, je vous ai coupé. Nous en étions où déjà ? À la prison. C'est bien ça ? C'est en parlant d'elle que j'ai pensé à lui, mon fils ainé. Le gardien de ses frères…

– Oui, la prison. Mon deuxième stage d'écriture, au centre de jeunes détenus de Fleury-Mérogis. Je viens d'avoir dix-huit ans.

– Si jeune… Je peux vous demander pour quelle raison ?

– J'ai toujours été un mauvais voyou, et ce matin-là, en bas de chez moi, je me fais arrêter avec six paquets d'héroïne dans le caleçon, lors d'un banal contrôle de police, juste après les avoir préparés dans ma chambre. Je me souviens mieux de ce moment que de l'arrestation. La porte est fermée à clef, et ma mère me demande ce que je fabrique. Je réponds, en coupant l'héroïne, que je lui prépare un cadeau pour sa fête. Je suis sincère. J'ai l'intention de la vendre rapidement et, avec le bénéfice, courir lui acheter un parfum pour la célébrer. Et adoucir sa peine d'avoir enfanté une petite frappe. À peine sorti, les flics m'alpaguent pour m'embarquer au commissariat d'où je suis transféré au dépôt avant d'être incarcéré. Par chance, si je peux m'exprimer ainsi, je n'ai jamais vendu de poudre. Un bandit de pacotille. Cancre sur toute la ligne.

– Dieu merci. Et là-bas, c'est comment ?

– Après la semaine dans l'aile des arrivants, mon premier souvenir cadre avec le parloir ; une pièce de béton où je suis escorté par un surveillant jusqu'à cette porte en acier derrière laquelle se trouvent ma mère et mes sœurs.

– Le gardien de ses frères…

– Dans mon cas, c'est elles qui m'ont protégé. En entrant dans la pièce, je comprends une chose essentielle qui ne m'avait jusqu'alors jamais traversé l'esprit : ce que je crois faire seul a des conséquences pour ceux que j'aime le plus au monde. C'est cette prise de conscience, comme un flash, dans le huis clos des retrouvailles, que je garde en mémoire. Ce qu'on se dit ? Des banalités, certainement. Elles sont effondrées, et j'ai honte de les amener ici, elles qui, comme vous, n'ont jamais eu à faire à la justice. Puis, on m'installe entre deux copains qui viennent de plonger. L'un pour détention de trois joints de cannabis, le second, une rixe qui a très mal tourné. Cinq ans plus tard, il sera assassiné, par balles. C'est avec lui que j'ai connu la rue, avant de devenir voisins de cellule et d'infortune. Combien d'heures on a passé à discuter par l'unique trou percé entre les murs…

– Un trou percé ?

– Un moyen pratique l'hiver pour échanger. En été, c'est à la fenêtre grillagée qu'on se colle. Nous sommes enfermés vingt-trois heures sur vingt-quatre. À dormir et maugréer. C'est là qu'arrive la lettre de Fouley, ma voisine du cinquième, à Ménilmontant. Je ne m'y attendais pas, et j'en ai pleuré. En taule, comme au ciné, si tu le fais sans bruit... Pour communiquer, je cantine du papier à lettres et des timbres ; la seule coquetterie de mon environnement. Je n'ai pas la télé. Trop chère. Et aucune lecture à part les lettres de Fouley. Je prends le temps de lui répondre. Je ne me souviens plus exactement du contenu de notre correspondance, mais il y a tant à raconter que je relate les évènements avec précision, en insistant sur les détails pour l'aider à visualiser l'indicible. Comme lorsque mon co-détenu est obligé de se battre à cause d'une pauvre *Swatch*. Ça se joue en quelques minutes. Nous sommes dans la cour quand un prisonnier s'approche pour dire haut et fort à mon ami que sa montre lui plaît, avant de continuer son tour de promenade, escorté d'une meute en survêtement. Mon compère risquait de longues années derrière les barreaux, et devait impérativement se faire respecter. Au tour suivant, il attend que son agresseur revienne avant de se lever pour lui asséner un coup de tête digne des plus belles bastons au quartier. Il l'a massacré. Et nous avons tenu à distance sa cour pour que le combat soit d'homme à homme — de gamin à gamin. En retournant au cachot, je ne me souviens pas précisément comment on en a parlé mais, quoi qu'on en dise, on n'avait pas assez de recul ni de vocabulaire pour exprimer réellement le traumatisme de la situation. Pour lui, il s'agit de gagner le respect. Point à la ligne. Un mot autant usité que galvaudé en prison. Quand on n'a plus rien à se dire, je retourne à mon courrier. Et quand je n'ai plus rien à écrire, au lit de ciment où je prie pour la première fois.

– Vous avez trouvé la foi en prison ? Comment ça s'est passé ?

– Le plus simplement du monde. Je connaissais un mot d'arabe que ma mère me faisait répéter avant de faire de bonnes choses. *Bismillah*, au nom de Dieu. Je l'ai ressassé des millions de fois, comme une litanie. J'ai eu l'occasion d'en témoigner lors d'un séminaire de l'école nationale de protection judiciaire de la jeunesse, où les professionnels cherchaient à comprendre pourquoi les délinquants se tournent vers la spiritualité.

– La religion ! Appelons un chat un chat ! Difficile d'en parler de nos jours...

– En effet, Moïse. Ça brûle la gorge de beaucoup de monde. Dans mon cas, cette répétition me soulage, tout simplement. Certains chercheurs sont venus me voir après mon témoignage pour m'avouer qu'ils n'y avaient pas pensé. J'ai raconté à l'auditoire que ça faisait un mal de chien d'être un bandit. On parle à juste titre de la souffrance des victimes sans jamais penser à celles des criminels. Si on s'occupait de la diminuer, qui sait jusqu'à la supprimer, je suis persuadé qu'il y aurait bien moins de morts à déplorer. Lors d'une rencontre littéraire, j'ai conversé avec l'avocate d'un des accusés du Bataclan. Elle a rappelé une chose qui m'a marqué : « L'honneur de la justice, c'est de mettre à disposition du criminel, quelle que soit l'horreur de son crime, une personne, son avocat, pour ne pas le laisser seul face à la monstruosité de son acte. » Rien à ajouter. Cette prière, inconsciemment psalmodiée, me veillait en enfer.

– Une fois de plus, les mots qui soignent.

– Pourquoi cette expression et pas une autre ? Je n'en sais rien. Seul le résultat importait alors : tenir dans la fosse.

– Vous n'étiez qu'un enfant. Dieu est juste, et ne vous a pas laissé tomber. Quant à la justice des hommes, même si l'avocate a bien parlé, vous pensez qu'on la doit à tout le monde ? Même au pire criminel ?

– Pour tout vous dire, c'est pour répondre à cette question que je suis monté dans votre taxi.

– Vous voulez m'en dire plus ?

– Au centre de jeunes détenus, un prisonnier à peine plus

âgé que Joseph, était avec nous pour avoir violé et tué une enfant avant de la dépecer. Le monstre vivait reclus dans sa geôle. Une rumeur racontait que le frère de la fillette, fou de colère, était allé jusqu'à se faire incarcérer pour se venger. Sans succès. Que répondrait-il à la question ? La réponse est évidente. Mais que dirait la mère de l'accusé ? Et son père ?

– …

– Comment réagir quand l'être aimé se trouve impliqué dans la disparition d'autres personnes ? Si vous êtes seul à le savoir, devriez-vous le dénoncer ? Au risque de le voir disparaître à tout jamais ?

Dalloz

– Vous êtes favorable à la peine de mort ?

– Pardon ?

– La peine capitale. Vous êtes pour son rétablissement ?

– Je ne me suis pas encore posé la question.

– Eh bien profitez que je vous la pose. Vous devez bien avoir un avis.

– Pas à ce sujet. Je vais y réfléchir alors.

– Moi, il va falloir que je tranche la question. Je ne suis pas censé vous en parler mais vous êtes une tombe, et un Français comme les autres. Votre sentiment compte. D'après les sondages, plus d'un électeur sur deux souhaite son retour. La France et l'échafaud… une longue histoire passionnelle. Voyez-vous, c'est pour cette raison qu'on m'a nommé à la Chancellerie : préparer le dernier référendum avant les présidentielles. Le taulier n'a rien trouvé de mieux pour damer le pion aux extrêmes. J'ai accepté, grisé par le poste et ses privilèges, mais je commence seulement à prendre la mesure du guêpier. Mon nom signera le décret par lequel elle redeviendra légitime dans la patrie des droits de l'homme.

– Pour certains crimes, la peine se justifie.

– Ça y est ? Vous y avez réfléchi ? Ça a été rapide ! Pardon, Darius. Ne m'en voulez pas. Je suis un peu stressé.

– Je suis là pour ça.

– Si nous allons au bout, les débats seront si violents, de l'Assemblée, aux plateaux de télévision, en passant par ces satanés réseaux sociaux, que je serai la première victime de sa réintégration.

– Alors pourquoi continuer ?

– Le goût du combat. Certainement. Savez-vous combien d'acquittements ont été prononcés en faveur de mes clients ?

– Cinquante.

– Vous tenez les comptes !

– Par le plus grand des hasards. Un ami a bien connu le bénéficiaire de votre dernier succès. Ils ont fait ensemble l'école buissonnière avant de chacun suivre une autre voie.

– Et comment s'appelle votre ami ?

– Omar Benlaâla.

– Benlaâla… ce nom me dit quelque chose.

– Il est écrivain.

– Comment avez-vous fait connaissance ?

– Comme nous sommes deux tombes, je peux vous le dire.

– Vous gardez un si lourd secret ?

– C'est le genre d'anecdote qu'on fait attention à ne pas hurler sur les toits.

– J'en ai l'eau à la bouche… Un autre café ?

– S'il vous plaît. Je le connais depuis le début des années deux mille, et notre rencontre à la mosquée. C'est une rupture qui m'y a conduit.

– Vous avez cherché le réconfort dans la prière.

– Pas exactement. Après des mois de relation, ma copine m'annonce que nous deux, c'est terminé. Sans procès, ni d'autre explication que celle de mon impureté.

– Voyez-vous cela.

– Ça laisse pantois quand on vous l'annonce du haut de vos vingt ans. D'après elle, je n'avais pas la bonne religion — la sienne. Alors, je me suis dirigé vers la mosquée la plus proche où j'ai été guidé vers Omar qui faisait ses ablutions. Je n'étais pas venu pour ça, mais je l'ai suivi. Puis, nous sommes montés sur une terrasse où nous avons posé le front au sol.

– Et alors ?

– Pas question de le quitter sans explication. La veille,

j'écoutais sagement ma petite amie risquer de m'expliquer ce qu'elle-même avait tant de mal à comprendre. Je sentais bien l'effort qu'elle faisait pour se tenir droite face à l'homme qu'elle aimait, et lui dire adieu alors que tout se passait bien entre nous. Loin de m'attrister, elle m'excitait au contraire, comme jamais. Quand j'ai voulu lui prendre la main, elle a reculé, et s'est réfugiée derrière ce mot que j'entendais pour la première fois : *haram*. Ce mot, cette sonorité. Ce qu'il fait au palais quand la langue vient frapper la voute supérieure et clore les lèvres par un bourdonnement. Je découvrais à travers lui une partie encore inexplorée de mon anatomie. Fascinant. Et que dire de l'ambivalence de sa définition ?

– Interdit et sacré…

– Exactement. C'est de cela dont nous avons parlé avec Omar, après la prière.

– Intéressant. Et qu'écrit-il exactement ?

– Des portraits. Il vient de terminer le mien.

– Entre nous, Darius, ce que vous me racontez n'a rien d'inavouable. Même si je comprends que, par les temps qui courent, une conversion à l'islam puisse être mal interprétée…

C'est pour ce genre de commentaire que je reste cloîtré chez moi quand je ne dois pas travailler. Si même un esprit brillant comme le sien tombe dans le piège du raccourci. Je n'ai jamais prétendu m'être converti, et pourtant, c'est ce qu'il retient de l'anecdote. Le conditionnement n'épargne personne. Le voilà donc ministre de la Justice. Son rêve enfin réalisé. Je me demande combien il reste de séances avant qu'une note des renseignements le prévienne de mon pedigree.

Bien que vierge de casier, j'ai une relation très étroite avec la prison, où mes géniteurs ont eu la délicieuse idée de me concevoir. Nadine me l'a révélé un soir entre le fromage et le dessert, persuadée que j'étais assez mûr pour croquer la confidence.

Nadine, ma mère de substitution, qu'on m'a mise dans les pattes à sept ans quand mon père est parti au ciel — c'est ce qu'elle disait alors —, et que ma génitrice a signé son bail au centre pénitentiaire de Rennes. Avant de quitter l'hexagone entre quatre planches, Papa y a débarqué pour s'y bâtir un avenir. Après quelques chantiers, il s'est vite aperçu qu'il n'avait pas le goût de la construction, encore moins celui de la poussière. Son talent à lui, c'était la finance. En bande organisée. C'est lors d'un séjour derrière les barreaux que Jeanne, ma mère, lui a rendu visite. Idéaliste, elle passait ses week-ends à fréquenter les détenus de la région en animant bénévolement des cours de français. J'imagine qu'elle devait parfois tomber sous le charme d'un condamné, se jurant de ne pas franchir le seuil du sentiment. Quoi qu'il en soit, elle a sauté la haie, et quelques mois après, c'est au sein d'une unité familiale qu'ils ont passé la ligne d'arrivée. L'année suivante, elle récupérait son amoureux, et un gosse à élever entre deux vols à main armée. Je préfère croire, pour me consoler, qu'elle a tout fait pour le réorienter. Peine perdue. À peine né, et déjà dans les embrouilles, bien que bénéficiant de solides circonstances atténuantes. Pour m'assurer un avenir en France, Jeanne a fait en sorte que je porte son nom à elle. Et mon père l'a convaincue pour mon prénom.

Mes parents m'emmenaient parfois avec eux quand ils ne trouvaient personne pour me garder. Un braquage dure généralement moins de dix minutes, le temps de mettre le nez dans une bande-dessinée qui traînait toujours sur la banquette arrière. On a fait contre bonne fortune mauvais sang, jusqu'au dernier coup où mon père s'est fait descendre, et maman à son tour écrouée.

Cet après-midi, je les attendais sagement en feuilletant une histoire de *Dinomir le géant* lorsque les policiers sont venus me récupérer. La photo de *Paris Match* — où l'on m'extrait du véhicule, hagard, les yeux cernés et le teint diaphane — avait particulièrement secoué l'opinion. Pour la population, l'arrestation d'une mère indigne a été vécue comme un soulagement. Pour moi, le point de départ d'une interminable éclipse.

C'est à l'hôpital, où j'étais en observation, que Nadine est apparue sous le feu de mes projecteurs : je l'ai tout de suite détestée, autant qu'elle m'a aimé. En bonne assistante sociale, elle faisait preuve d'un insupportable apitoiement. Comment, sans lubrifiant, faire gober à sa clientèle l'empathie qui seule guiderait son choix de carrière ? La vérité, c'est que comme tout le monde, elle jobait pour prendre, pas pour donner. Cette menteuse assermentée avait été chargée par les services sociaux de remplacer mes parents. Passer du diable au bon Dieu, sans transition ; il a fallu que je m'adapte. Je crois que je n'y suis jamais parvenu.

Trois heures plus tard, c'est au poste qu'elle m'a embarqué. À peine installé dans le bureau du commissaire qu'on m'a tendu — certainement pour faciliter mon interrogatoire — une cannette de soda. Tous les efforts de maman pour m'éviter la malbouffe volait en éclat ; j'ai mis des années à me débarrasser de cette foutue addiction. L'infranchissable fossé entre la police et la jeunesse.

L'officier me dévisageait avec curiosité quand j'avais soin de ne pas tourner mon regard dans sa direction, les yeux rivés en haut de l'armoire sur une rangée rouge sang : les *Dalloz*.

Grâce à l'obstination de ma mère, je savais déjà lire, et j'adorais ça. Ensemble, nous passions des journées entières à dévorer des fictions pour enfants. Elle avait toujours souhaité devenir institutrice. J'étais en quelque sorte son cobaye. Prenant sa mission très au sérieux, elle envisageait la lecture comme une aventure sonore ; je ne devais pas me soucier du sens de ce que je lisais, juste apprécier l'acoustique des phrases. Elle pensait qu'on existait pour la sensibilité, et faisait son possible pour la développer, m'encourageant à noter les mots qui me touchaient, mais aussi à jauger les personnages. À deviner leur sort. La fin de l'histoire. Si elle avait pu me garder près d'elle, je n'aurais jamais connu l'école primaire — mon père avait réussi à la convaincre de m'inscrire en maternelle, mais pour la suite, elle refusait obstinément que je gâche mon enfance à me goinfrer de formules à répétition. La méthode du « par cœur » lui faisait horreur, et elle m'incitait à trouver moi-même les informations utiles à mon épanouissement. J'en redemandais, jusqu'à ce que Nadine et ses complices de la fonction publique ne brisent l'harmonie.

Elle s'est approchée de moi avec toute la pitié des Évangiles. Détestable. Autant siphonner un tonneau du breuvage de l'autre affreux. Seul face à ces inconnus qui allaient décider de mon destin, je n'ai rien laissé paraître. Voyant que je n'avais pas touché au *Coca*, Nadine m'a demandé ce qui pouvait me faire plaisir. Je l'ai fixé avant de montrer les *Dalloz*. Le commissaire, interloqué, s'est levé pour nous laisser. Nadine m'a alors demandé si j'étais sûr de moi. Placide, j'ai à nouveau désigné la loi. Elle m'a répondu que, malheureusement, ce n'était pas pour les enfants. Quoi donc ? Les *Dalloz*, ou la justice ?

Une fois les démarches administratives achevées, j'ai été orienté vers un foyer en banlieue parisienne. Assis en tailleur contre le rebord du lit, j'ai passé la nuit à observer un homme seul et accablé sur une croix. Je n'avais reçu aucune éducation religieuse, et pensais, en mon for intérieur, que c'était un avertissement : si je ne me tenais pas à carreau, on m'infligerait le même sort qu'à ce pauvre monsieur. Je n'avais pas tout à fait tort. Ceux qui, plus tard, ont tenté de m'inculquer leurs croyances prétendaient aussi que de la vertu naît la félicité. C'est du moins la version officielle. Je préfère l'officieuse : de la transgression naît la douleur.

Le lendemain, Nadine est revenue et m'a une nouvelle fois demandé ce qui me ferait plaisir. « – Les livres rouges. » Elle a dû penser qu'un rameau malade pourrait donner un arbre droit.

Puis, j'ai été placé chez des agriculteurs de l'Yonne, à Seignelay. Mais le vert n'était pas ma couleur. Mes hôtes étaient des gens bien — enfin, je crois —, mais la vie à la campagne m'ennuyait profondément, et je ne voyais aucune autre attitude à adopter qu'un mutisme absolu pour manifester ma gêne. Ils étaient aux petits soins avec moi, et devaient mettre mon absence de coopération sur le compte de ma triste situation, alors que je n'avais tout simplement rien à leur dire. Je ne désirais qu'une chose ; en fait, deux : retrouver mon ami Julien, et la ville que je n'avais jamais quitté avant cet épisode. J'aimais l'asphalte, le ciel bas, et mon petit métabolisme aussi : vingt-quatre heures à peine après mon arrivée, j'ai connu ma première crise d'asthme.

On m'a alors conduit en urgence à l'hôpital le plus proche. Mis à part le fort parfum d'anis du médecin, je n'ai rien retenu de l'auscultation. À part ma mère, personne n'avait encore posé ses mains sur moi. Pas même mon père, qui prenait un malin plaisir à jouer avec ses armes plutôt que son fils. « Asthmatique chronique » : j'aimais bien la formule ; ça me donnait de la personnalité. C'est un genre d'asthme tout à fait particulier dont on ne connaît pas les causes réelles. L'hypothèse la plus sérieuse veut qu'il provienne d'une réaction auto-immune : le corps du malade s'attaquerait à ses propres bronches, maintenant ainsi l'inflammation. Difficile de lutter quand l'ennemi vient de l'intérieur. Le point positif ? À vaincre sans péril, on triomphe sans gloire.

Apparemment, je ne traversais pas la période la plus vernie de ma courte existence. Il fallait que cela change. Tout d'abord, je devais trouver un moyen de m'échapper de là, et le seul que je connaissais tenait en trois syllabes : Nadine. Lors d'une visite, nous sommes allés nous promener en forêt. Je ne me souviens pas en détail de mon numéro de charme, mais deux mois plus tard, j'étais chez elle, à Paris. Pour longtemps.

Comme un bonheur n'arrive jamais seul, elle avait déposé sur mon lit ce cadeau qui valait tous les autres : mon premier *Dalloz* — le code de l'éducation.

Pendant de longs mois, je n'ai pas pu rendre visite à ma mère. Les juges avaient décrété le bannissement. Écœurée, elle a tenté de s'évader en lacérant la peau de pêche d'une surveillante stagiaire : dix ans de plus, incompressibles, sur une note déjà salée.

Pour mon bien, paraît-il, nous n'avions de contact qu'épistolaire. Sur la photo que Nadine avait insisté pour prendre, j'avais refusé de sourire. Elle se pliait en quatre pour que je ne manque de rien, mais le matériel ne remplaçait pas mes parents, et je ne voyais aucune raison d'espérer des jours meilleurs. Lors de cette période, ma nature a commencé à s'accommoder de l'insomnie. À travers elle, j'ai appris l'alphabet d'un corps contrarié. Pour passer ses nuits sans sommeil, l'orphelin s'abîmait dans la lecture de milliers d'articles de loi attisant sa colère naissante.

Repenti

Pont au Change. Nous quittons l'île de la Cité pour le boulevard de Sébastopol. Pendant qu'on traverse la Seine, je repense à ce que disait mon père, p'tit gars de Ménilmontant : « – Si je suis venu à Paris, c'est pas juste pour travailler, mais aussi vivre. » Et mourir ? En arrivant ici, l'été soixante-trois, a-t-il eu le sentiment qu'il y finirait ses jours ? Est-ce qu'on sent ces choses-là ?

– Combien de temps êtes-vous resté en prison ?

– Quatre mois et demi. J'en sors avec la ferme intention de me prendre en main, et rendre mes parents fiers, sans vraiment savoir comment, ni par où commencer.

– Donc, plus de lettres à Fouley.

– Ni lettres, ni dessins. Mais une nouvelle étape fondamentale dans ma formation d'écrivain. Je troque le stylo contre l'oralité. À partir de ce moment, même s'il est trop tôt pour le comprendre, je nourris le récit de mon premier livre, *La Barbe*.

– Pourquoi ce titre ?

– Qu'est-ce qu'il vous évoque ?

– Je ne sais pas. Vous étiez barbu ?

– Oui.

– Comme les barbus…

– Musulmans, vous voulez dire ?

– Non ! Oui, enfin… Vous voyez ce que je veux dire ?

– Clairement : Omar, musulman, *La Barbe*, les barbus.

– Non, non ! Ne me faites pas dire ce que je n'ai pas dit !

– Mais vous le pensez fortement.

– Ne le prenez pas mal, mais…

– Pas d'inquiétude, Moïse. J'ai allègrement joué de cet amalgame, alors que la pilosité représente pour le commun des mortels le passage de l'adolescence à la maturité. Tout simplement. C'est ce que je raconte dans ce texte, ce cheminement, qui, chez moi, est largement constitué d'étapes spirituelles. Pourquoi le nier ?

– La prison a fait son effet ; vous êtes retourné sur le droit chemin.

– On peut le penser. Après une année à tenter d'arracher à mains nues la mauvaise herbe, je trouve un herbicide suffisamment efficace pour m'en débarrasser. La religion.

– Vous vous êtes repenti ?

– À ce moment, il s'agit surtout de m'extraire durablement de la bande en troquant la casquette contre le turban. Et de l'habit faire jaillir le moine.

– Beau projet.

– Vaste blague à dix-neuf ans. Mais alors, il suffisait d'y croire, et j'y ai mis toutes mes forces. En arrivant à la mosquée, ce qui me plaît d'abord, c'est la sérénité des débats, comme disent les commentateurs judiciaires. J'ai autour de moi des voix douces et apaisantes. Qui ne hurlent pas. N'invectivent personne. Et jamais ne jurent. Comme j'ai aimé ça… Les décibels virevoltent comme des plumes d'anges, sous la limite autorisée des cent-trente, régulièrement dépassée dans le local poubelle qui auparavant faisait office de temple. Chaque matin, je pousse les portes d'un bâtiment où murmures et chuchotements sont la norme. Seul l'appel à la prière est entendu de tous. Une invitation à la félicité répétée cinq fois par jour, au cas où vous en doutiez encore. Félicité, un mot nouveau, à la sonorité inédite qu'aujourd'hui encore je peine à prononcer en arabe. *Al falah*, avec ce h inspiré qui fait son nid dans la gorge après avoir gravi les marches du palais. Escorté de syllabes plus enivrantes les unes que les autres, je vole d'une récitation à une invocation, d'une conférence à une psalmodie, matin et soir, avant de rentrer chez moi plein de ces mélodies.

– Vous voilà touché par la grâce !

– Comme le serait un homme pieux ? Un ivrogne, plutôt. Juste bon à se remplir la panse de supplications avant de cuver sa soûlerie sur le moelleux d'un tapis de prière. Pour mériter ma cuite, il me suffit de parler, partout, tout le temps, à tout le monde. Bavarder jusqu'à plus soif ; chaque jour une nouvelle histoire, des personnages illustres, un objectif noble : guider les hommes. Le cancre retrouve le chemin de l'instruction — coranique, cette fois — où je deviens assidu comme personne. À l'école du prêche, j'apprends à démontrer, convaincre et convertir à tour de bras. Le ticket d'or pour visiter le paradis se trouve sur ma langue. Je découvre la musicalité du discours, et m'efforce d'être concis et clair. Synthétique. Que du muscle dans mes causeries. Pas de gras. Je garde encore, des décennies plus tard, cette façon d'écrire. D'aller à l'essentiel.

– Ces choses-là ne s'oublient pas.

– Non, Moïse. Elles imprègnent. Et cerise sur le gâteau, je tiens enfin la promesse faite à ma mère de poursuivre mes études, au lieu d'errer dans le quartier tel un zombie divaguant entre hémoglobine et anesthésiants. Après une année, je décroche mon *Erasmus* ; voyage à l'étranger où il faut encore dire, palabrer, discourir. Je découvre l'Asie et sa population. Un continent ahurissant qui m'accueille bras ouverts, moi, le môme de Ménilmontant, que je quitte sans regret ni remords.

– Vous en parlez avec tant d'enthousiasme !

– Oui, c'est le mot qui convient : enthousiasme. Je suis monté si haut que la chute ne pouvait qu'être fatale. Mais alors, je brûle cette énergie que je capte ici et là ; dans les paysages, les atmosphères, les bons sentiments de mes compagnons de séminaires. Plus aucune violence ne m'empêche d'exister. Et, quand parfois il m'arrive de devenir l'objet de brutalité, ce qui reste extrêmement rare, je la transforme en test à surmonter au nom de ma sainteté. Comme ce jour, à la mosquée Ali de la rue du Faubourg Saint-Denis où l'imam, pour éprouver ma résilience, me tire brusquement la barbe devant l'assemblée avant de m'asséner une violente gifle, puis une autre et une dernière plus brutale que la précédente, avant d'expliquer à ses ouailles qu'Omar est devenu fort, plus que son égo encore. Ces coups, vaillamment supportés, n'ont pas la même valeur que ceux du quartier. Ici, ils nourrissent ma gloire naissante que je compte bien mener au firmament, là où s'écrivent les légendes. Ces mortifications affirment ma volonté et fortifient ma réputation.

– Vous me rappelez beaucoup de souvenirs, Omar.

– Des bons, j'espère.

– Pas toujours. Continuez, s'il vous plaît.

– C'est lors de cette période qu'une part importante de mon caractère s'est forgée, celle prête à tous les sacrifices pour y arriver. Où ? Qu'importe. Plus haut, plus loin, c'est tout ce qui compte alors. Je jouis goulûment d'une ambition sans contrainte, autorisée par Dieu et la société des hommes. Quel mal à devenir meilleur ? Plus fort que son égo, comme l'affirme l'imam ? Je retrouve ce bouillonnement avec l'écriture. C'est bon d'être écrivain, de porter le suaire d'années de sacrifice pour construire une œuvre, en se montrant digne de l'héritage d'illustres prédécesseurs qui ont tant donné au monde. De raconter à qui veut l'entendre ce qu'il faut d'intelligence pour capturer des personnages avant de les enfermer dans un livre, et les libérer sur parole en les présentant aux lecteurs. Parallèlement à cela, mon passage dans les ordres nourrit largement cette faculté à tourner autour de ma propre histoire en racontant celles des autres ; prophètes, compagnons, maîtres et apôtres. Une façon comme une autre de ne pas confronter le mal qui vous ronge.

– De quoi parlez-vous ? Vous êtes débarrassé de la rue, non ?

– Oui, je le suis.

– Alors quoi ? De quel mal s'agit-il ?

– De l'ambition, Moïse. L'un des pires visages de la terreur. Cette idée qu'on grave sur le visage des enfants pour qu'ils ressemblent autant que possible à autre chose que nos échecs.

– …

– En devenant prêcheur, je prends conscience de ma capacité à conquérir les cœurs. Lors de mes expéditions, je converse avec les autorités religieuses des trois monothéismes, des professeurs, des docteurs. Et j'ai « le truc » pour les persuader du bien-fondé de mon délire. Si vous saviez le nombre de conversions que j'ai vu se réaliser après avoir simplement échanger avec mes interlocuteurs. Bien sûr, on répète, entre prédicateurs, que Dieu seul guide les âmes, et que nous ne sommes que la cause de leur retour au Créateur. Pourtant, difficile de ne pas s'enorgueillir de cet incroyable talent qui embarque les esprits. Et c'est tout naturellement que je me suis mis en tête de gagner son cœur à elle.

– Elle ?

– Celle qui n'a jamais lu mes supplications.

– Votre amour de collège.

– Et l'échec le plus cuisant de ma courte existence, après celui de ma précoce déscolarisation. Je l'ai connu pendant ce cycle infernal, enchaînant les défaites, d'un revers à l'autre. À l'école, dans la rue, à la maison. Jusqu'au miracle du repentir. Ma première victoire. Et on prend goût aux miracles, autant qu'au succès, n'est-ce pas, cher Moïse ?

– …

– Au moins, le fiasco vous préserve du poison de l'ambition. Pour un temps. Gagner les âmes d'inconnus ne me suffit plus. Si j'en suis capable, pourquoi me résisterait-elle ? Alors, je demande à Dieu de me l'offrir. Pensant naïvement la mériter. Comme on est récompensé d'une image après avoir bien travaillé. Sans voir que c'est mon amour-propre qu'il s'agit de récupérer. Et non cette pauvre camarade de classe qui n'a rien demandé. Prêt à tout pour la conquérir, je L'implore pendant trois longues années, toutes les nuits, à m'en brûler la rétine. Chacune de mes bonnes actions ressemble un contrat passé avec de la fausse monnaie. Et j'ai le coffre rempli de charité à négocier avec le Seigneur. J'attends ma récompense. En vain, malgré la somme de mes efforts. Alors, je me suis lassé. Et laissé prendre par cette autre chimère qui me mène à une nouvelle étape décisive de ma carrière. Avec le recul, ce chapitre religieux, en plus de me réapprendre à faire des phrases, me montre à quel point l'ambition fait partie de l'équation. Désormais, grâce à elle, je sais agir avec panache. En donnant du sens à mes actes. Sans craindre de m'effondrer misérablement au moindre désenchantement. Enfin, c'est ce que je pense alors, bien loin d'imaginer qu'il peut atteindre un tel niveau d'intensité.

Cimetière

Entre le ministère de la Justice et le *Ritz*, il n'y a qu'un pas. À peine le temps de retrouver ses esprits qu'il faut renfiler le bleu de chauffe pour repartir de plus belle. Traiter le public des palaces ne s'improvise pas ; face à un client mal luné, désirant l'impossible sans poser une once de volonté sur la table, il m'est arrivé de laisser ma fierté au vestiaire, avant de la récupérer en loques. Nombre de prétendants à mon activité rêvent d'émirs et de duchesses, sans considérer le degré d'exigence de ces voyageurs pressés comme la foudre. Amateurs s'abstenir.

Je collabore avec quelques-uns des plus prestigieux établissements français qui doivent répondre à la demande grandissante de visiteurs soucieux d'entretenir leur image — l'aire dédiée au bien-être devient un argument de poids dans le choix d'un grand hôtel. Malgré l'habitude, je suis toujours ému de passer le tourniquet. Les dorures impeccablement lustrées. L'accueil sans faille. Le hall, aussi grandiose que la salle de restaurant adjacente. Le plafond, orné façon Renaissance, est à la hauteur — finalement, ce qui fait la différence entre les classes, n'est-ce pas l'espace qui leur est accordé ? Après avoir salué l'indispensable concierge, j'emprunte le couloir jalonné de miroirs et monte vers le gymnase où m'attend ma victime : à peine pubère et une bonne centaine de kilos. Ici, pas de secret médical, mais une clause de confidentialité familière à ceux qui servent les grands de ce monde. Je pénètre l'intimité de personnages publics qui monnayent aussi mon silence. Discrètement, la mère de l'adolescent me demande de veiller sur la prunelle de ses yeux, à raison d'une séance quotidienne, le temps de son séjour. En retrait, il semble déterminé à lui plaire. Après avoir laissé sa marque sur la joue rosée du fiston, elle s'en va rejoindre une des hôtesses manucurées du spa où, apaisée, elle rêvera aux beaux jours à venir.

C'est à quelques stations de métro que Nadine m'a accueilli chez elle. Dans le quatorzième arrondissement où je retrouvais Julien et, avec lui, les restes de mon ancienne existence. Nous passions une grande partie de notre temps libre au cimetière du Montparnasse, cet immense labyrinthe dont nous tentions chaque jour de repousser l'unique frontière : notre peur. Au départ, nous restions bien sagement installés sur les escaliers près du monument aux morts. Puis, de défi en défi, nous élargissions à chaque nouvelle visite notre champ d'action. Entre les interminables parties de cache-cache et les balades passées à déchiffrer les épitaphes, nous ne voyions jamais le temps passer, à l'instar de nos voisins d'infortune. C'est au cimetière que j'ai parachevé mon apprentissage de la lecture. Julien ramenait toujours avec lui un *Strange* — une bande dessinée où rivalisent les super héros — ; moi, je ne sortais jamais sans mon *Dalloz*.

La vision d'un enfant de huit ans dépasse de très peu le mètre vingt qui fait sa stature, et la ville, malgré l'étroitesse de ses artères, reste pour lui un terrain de jeu disproportionné. Au cimetière, ce n'était pas le cas : l'architecture était à notre mesure, et nous dominions absolument la perspective. Nous adorions les tombes sculptées, ces formes souvent grandioses taillées dans le marbre ou le granit. Mais le matériau que nous préférions, de loin, tenait dans le creux de nos petites mains. Comme les hommes à l'aube de l'humanité, nous réalisions dans les caveaux de véritables fresques. Julien n'aimait pas la couleur, et apportait une boîte de craies blanches qui préservait l'atmosphère de films muets propre au lieu. Moi, ça m'allait pour écrire les mots qui sonnaient bien à mon oreille et favorisaient ma diction : préméditation, présomption, exécution.

Nous recherchions à chaque fois un tombeau plus grand pour offrir à notre imagination l'espace nécessaire. Celui-là se trouvait juste derrière le *crematorium* — une merveille de mausolée en marbre noir dont la mousse témoignait de l'ancienneté. La ferronnerie était si fragilisée par le temps qu'il ne nous a pas fallu trois coups sur la serrure pour l'ouvrir. À l'intérieur, un très vieil arrosoir en étain, quelques feuilles mortes, beaucoup de poussière, et une photo prisonnière d'un cadre à la vitre fêlée gisaient pitoyablement au sol. Le caveau était assez large pour que nous puissions y réaliser notre art, et nous étions aux anges, jusqu'à ce que Julien trébuche sur une des dalles et que nous découvrions qu'elle cachait une trappe menant à un espace grand comme une petite cour. Il devait y avoir au moins une dizaine de tombes là-dessous, et entre chacune d'elles, assez d'espace pour y déposer un autre mortel. Nous avions à peine sorti les craies de leur étui et mis en place les bougies qu'un ronflement indiscret est venu troubler notre extase. Un corps était là, allongé entre deux tombes. Nous nous sommes approchés, dans l'espoir de nous faire une opinion plus précise sur la nature de cet obscur compagnon. On y voyait juste assez pour apercevoir un homme d'un certain âge, étendu sur le ventre. Les décibels se chargeaient de compléter le tableau. La première pensée, en le voyant dormir ainsi, est qu'il devait avoir le cœur léger pour parvenir à fermer l'œil dans un endroit si lugubre. En cette période trouble, c'était tout ce que je cherchais — un moyen pour chasser mon spleen. Lui avait trouvé la technique.

Alors que Julien et moi nous demandions que faire, notre nouveau compagnon s'est brusquement levé, aussi surpris que nous. Nous sommes restés ainsi figés quelques secondes, jusqu'à ce qu'il mette la main à la poche pour en sortir un nez rouge ! Nous ne le savions pas encore, mais nous venions de rencontrer celui qui allait enfin donner sens à notre vie : le Clown.

Il s'est assis sur l'une des tombes, et nous avons fait connaissance à travers un jeu de questions/réponses bien connu des cours de récréation : le portrait chinois. Il nous traitait avec courtoisie, et répondait à nos interrogations sans retenue. La conversation terminée, il nous a salués, a agrippé une canne, puis est remonté à la surface, la pointe d'humour vissée à l'appendice nasal, sans même que nous puissions esquisser un geste.

Le lendemain, il était de toutes nos conversations : c'était le premier homme à trouver grâce aux yeux de gamins sans père que nous étions. Certains le diront marginal, d'autres désaxé. Moi, je le considère comme mon maître. Nous n'avons jamais vraiment su où il vivait. Peut-être dans le cimetière, peut-être pas ; quoi qu'il en soit, nous passions le plus clair de notre temps à ses côtés, dans cette nécropole en amphithéâtre. Il nous parlait comme à des adultes, faisait notre éducation. Pour nous, coincés entre l'hypocrisie de Nadine et la déraison de la mère de Julien, c'était une véritable aubaine.

Il discourait des heures durant ; de la nature humaine, essentiellement : de ses forces et de ses faiblesses, de ses nombreuses postures, mais surtout des humeurs — des plus bas instincts aux aspirations les plus nobles. C'était son cheval de bataille, sujet qu'il décortiquait avec brio lors de surprenantes envolées. « – Contrôle tes humeurs et tu comprendras l'autre. Il y a chez l'être humain des touches, comme sur un piano ; chacune produit un son nouveau, une réaction différente. Soyez de grands musiciens, mes amis ! Dominez votre public ! ».

Il répétait que l'homme était une machine, un automate prévisible dont il était essentiel de connaître la mécanique. Cela, il nous l'enseignait avec un sens inné de la formule. « – Que valent Platon ou Marx face au pouvoir de persuasion d'un canon braqué ? ». Que représentaient donc ce Platon et ce Marx pour les morveux que nous étions ? Rien. Et pourtant, il les citait souvent, comme pour préparer nos esprits à leurs thèses. Mais un canon, ça oui : ça nous parlait ! Alors, on accrochait, séduits par un mot, et un seul. Le Clown déroulait ses tirades, tel un sénateur à l'assemblée ou un général haranguant ses troupes. Tant de certitudes et d'insolence : nous étions persuadés que la vérité ne pouvait que choisir son camp. Puis il affirmait exactement le contraire, avec la même fougue, et nous restions perplexes face à ce double jeu. Alors, il nous regardait tendrement, mettait son nez de clown, et nous disait le plus sérieusement du monde : « – La formule les enfants, la formule ; c'est l'arme absolue ! ».

Au départ, on ne comprenait presque rien à ce qu'il nous racontait. Il le voyait bien, et partait dans de grands éclats de rire ; et nous, on le regardait avec nos sourires d'enfants, fascinés qu'on était ! Sa présence, juste être en sa présence, c'était tout ce qu'on désirait. Bien souvent, nous prolongions l'enseignement du Clown par des exercices pratiques, réalisés *a posteriori* et *in absentia*, comme si son influence subsistait à distance.

On n'a jamais su d'où il venait, quelle était son histoire, pourquoi il était là, et on s'en fichait totalement. Aujourd'hui encore, cela m'est complètement égal. Un jour, il nous annonça solennellement qu'il était destiné à devenir prophète, mais avait échoué au concours d'admission.

Nous le retrouvions de plus en plus souvent au cimetière, de jour comme de nuit, moments enivrants où son violon bouleversait la tranquillité des lieux. C'était son seul bien. Un *Stradivarius* qu'il nous disait. Julien et moi restions immobiles, assis en tailleur, à l'écouter. Toutes les larmes que nous n'avions pas encore eu le courage de verser, ce violon les a débusquées — il était temps.

En hiver, il nous réchauffait avec une des délicieuses soupes dont il avait le secret. Il faisait pousser les ingrédients sur la terre des tombes abandonnées. Parfois, quelques morceaux de viande agrémentaient la pitance. Je préfère ne pas en connaître la provenance…

Au fil du temps, il m'est arrivé de venir seul avec mon *Dalloz*. Le Clown prenait la peine de m'expliquer chacun des articles qui attirait mon attention. Le soir, en me couchant, je réfléchissais aux questions que je lui poserai le lendemain, et m'endormais comme par miracle.

Au départ, sa seule présence nous harponnait ; en grandissant, on a mieux saisi sa rhétorique, comme lorsque j'ai été confronté aux religieux prétendant explorer l'infini. Avant de les infiltrer, je lui avais demandé conseil : « – Le discours religieux le plus pertinent tient dans l'ongle d'un bébé : c'est le silence.».

Un soir, à la tombée de la nuit, nous avons remarqué une chose étrange ; mais pour les enfants que nous étions encore, ça ne l'était pas tant que ça : le Clown n'avait pas d'ombre. Quand nous lui avons demandé pourquoi, il s'est paré de son plus beau sourire et nous a répondu ceci : « – Lorsque je lui ai raconté son origine, elle s'est sauvée, et depuis, n'a plus jamais reparu… ».

Certains cœurs portent en eux la force d'accueillir toutes les âmes. D'autres, à peine ce qu'il faut de vigueur pour se supporter eux-mêmes ; d'autres encore, juste assez pour un seul être sur leur chemin, et tel un corps et un esprit, ne font route qu'à deux. Je suis de ce dernier équipage, et il est mon premier, mon tout, et ma délivrance.

Le Clown donnait à chacun une boussole différente ; à Julien, une direction matérielle ; au frêle Darius, tout autre chose. À l'adolescence, la rupture a été consommée. Jusqu'au duel qui a définitivement scellé notre séparation.

After

– Quelle histoire ! Et vous n'avez pas encore commencé à écrire…

– Pas encore, mais ça prend forme.

– Donc, vous abandonnez la religion ?

– C'est ce que je crois alors.

– Expliquez-moi ça…

– Vous êtes en mer, sur un bateau solide, par temps calme. Vêtu de la tenue turquoise que vous aimez tant — celle qui se marie si bien à l'horizon —, vous faites brûler l'encens avant de déployer votre tapis de prière. Après avoir égrené les boules du chapelet, vous levez les mains au ciel en psalmodiant de votre plus belle respiration quand, d'un coup, le vent se lève et invite l'océan à valser. Votre embarcation, incapable de suivre le mouvement, tangue avant de vous tourner le dos pour vous larguer au milieu des flots. Là, vous ne pensez plus à jouer avec les graines du rosaire, et la façon dont vous êtes habillé devient le moindre de vos soucis. C'est d'une autre tonalité que vous appelez Dieu. Une intensité jamais envisagée dans vos rêves de sainteté les plus insensés. Vous L'implorez éperdument, sans penser un instant aux artifices qui prennent l'eau avec le canot. Ne reste en soute qu'une certitude : s'Il ne vous sauve pas maintenant, voici venir la fin du film.

– …

– Me voilà à peu près dans cette position en quittant le navire pour me trouver à mille lieux de mes points de repères. D'abord, on pense avoir assez de souffle pour nager en solitaire. Jusqu'à accepter son dénuement face à la mer. On lâche prise et se laisse aller au grès des courants en cessant de battre les membres pour tenter de sauver ce qu'il reste de prétention. Alors, le miracle refait surface ; en me noyant, j'entame mon cheminement spirituel. Ces trois ans à la mosquée, entouré de livres, de croyants et de prières, n'étaient qu'un échantillon — j'ai été trompé par le flacon, persuadé de bénéficier d'un accès illimité à la source. Ignorant au départ, j'avais certainement besoin d'un fort engagement physique et mental pour me faire une idée de ce qu'implique la relation au Tout-Puissant. Comme dit Pierre, mon premier éditeur : « – Vous êtes un athlète de Dieu, Omar. » C'est exactement cela. Un marathonien piqué à l'orgueil et persuadé d'être prêt pour le sprint avant d'entrevoir l'immensité du parcours.

– L'orgueil ?

– Ces tampons sur mon passeport, les sourates que je connais par cœur, ma barbe, la canne et le turban. Et ces harangues prononcées devant la foule, en français, en anglais, en arabe. Autant de symptômes qui nourrissent mon aliénation et me donnent le sentiment de voler au-dessus des autres. De les surclasser. Alors, quand un beau matin je me retrouve en *after* sous acide entre le bar et les toilettes pour ne pas effrayer la clientèle…

– Attendez, attendez… Vous m'avez perdu, là ! Vous vous retrouvez où ? En *after* ? Qu'est-ce que c'est ?

– Une adresse où vont les noctambules qui n'ont pas assez d'une nuit pour dégriser.

– Ça existe, ça ?

– Oh oui…

– Mais alors, c'est ouvert jusqu'à quelle heure ?

– Certaines ne ferment pas ; tant qu'il y a des clients à satisfaire.

– Que faisiez-vous là-bas ?

– J'y suis avec un ami qui me présente un ami qui connaît un ami…

– Sacrée descente après la mosquée !

– En chute libre.

– Et comment vous en êtes sorti ?

– Avec l'espoir de traverser les limbes sans m'y installer. Pour m'aider dans ma rédemption, je prêche dès qu'un éclair de lucidité m'en donne l'occasion. Souvent à contre-cœur, parfois sans ouvrir la bouche, en écoutant les plaintes de mes contemporains. Puis, lassé de refuser l'évidence, je retourne sur la piste de danse où je squatte pour jouir du rythme des percussions. C'est dans un de ces moments de grâce qu'elle émerge de la foule, la tempe rasée et l'oreille percée de plumes. Une étoile dans la nuit. Simplement vêtue d'un débardeur, d'un jean et d'une paire de sandales. En toute simplicité, consciente qu'il lui suffit de paraître pour rayonner. Je ne me souviens pas de ce que j'ai pris comme carburant, mais c'est en plein vol qu'elle m'atteint, sans mot dire. Juste l'envie de se regarder danser. Absolument divin !

– Divin ?

– Oui. Paradisiaque. On reste au *night-club* jusqu'à la fin de la soirée, seuls au monde, avant de marcher vers chez elle, dans le Marais. Vous allez rire, mais pour la première fois, une fille m'invite chez elle en sortie de boîte. D'habitude, je traîne jusqu'à plus soif avec la bande que j'accompagne, puis rentre chez mes parents, épuisé d'attendre la libération. Cette fois, Dieu m'a entendu, je le sens. J'en suis persuadé.

– Cet espoir dont vous parlez, c'est encore une femme ?

– Quand j'ai une idée en tête… mais pas n'importe laquelle : LA femme ; celle qui me tirera de l'impasse pour cheminer à deux vers l'absolu. C'est elle. À n'en pas douter.

– Qu'est-ce qui vous a persuadé ?

– Un manège d'émotions. Quelques détails, ici et là, comme sa date de naissance, accolée à la mienne. Mais surtout, je suis las d'espérer. Je veux tant y croire qu'il suffit qu'elle se manifeste pour me convertir à son souffle. Enfin, la mer s'ouvre. Je suis sauvé des flots. Et vais délivrer une âme, par la même occasion. Sur le chemin, puis chez elle, on parle. Surtout moi — déformation professionnelle. Ce qui ressort de notre conversation, c'est qu'elle aussi cherche la voie. À l'époque, je porte toujours la barbe, longue et épaisse, qu'elle caresse en me montrant l'autel qu'elle a formé près du lit. Je découvre une nouvelle forme de religiosité, primitive et sincère. Et quand je parle d'Allah, elle m'écoute avec dévotion. Comment ne pas plonger en elle ?

– Bien plus que votre camarade de classe ?

– Différent. Foudroyant, comme un coup au cœur. Et apparemment réciproque. Un rêve éveillé, avant que tout dérape en une fraction de seconde. Le gouffre dont je me crois sauvé s'ouvre de nouveau pour m'engloutir plus loin encore. Et avec la descente, un nouveau calvaire. À mille lieux de celui apprivoisé par l'écriture. Je ne vois rien venir. Comment s'y attendre alors qu'elle pose ses lèvres sur les miennes ? Je me laisse porter. Elle semble connaître son affaire. Moi, je ne l'ai encore jamais fait.

– Embrasser une fille ?

– Oui. Puis, je frôle sa poitrine, avant de l'enserrer et la baiser à mon tour. Mon Dieu, c'est aussi une nouveauté. J'en tremble d'émotion.

– Vous avez quel âge ?

– Vingt-cinq ans. Au collège, vous connaissez le récit de mon amour platonique. Les années lycée, celles des expériences amoureuses, je les passe à me battre contre la terre entière, avant d'entrer dans les ordres jusqu'à mes vingt-trois ans. Mes débuts sur le *dancefloor* n'ont rien donné. Pour les filles, je reste le gars sympa sur qui on peut compter, avec qui on discute, danse, mais ne sort pas.

– Mais alors, que s'est-il passé ?

– J'aurais pu passer ma vie à voguer sur son grain de peau sans rien souhaiter d'autre. Puis, il a fallu aller plus loin. Et j'ai suivi le mouvement. À peine introduit que j'éjacule presque instantanément. Elle le sent, se retire brusquement en me demandant si je suis « venu en elle ». Évidemment. Qu'aurais-je pu faire d'autre ? Elle se lève, furieuse, avant de filer vers la baignoire près du lit pour se rincer pendant qu'elle me fusille du regard. « – Je ne prends pas la pilule !

Pourquoi tu ne m'as pas prévenu ?» De quoi parle-t-elle ? Je ne comprends rien. Qu'ai-je donc fait de mal ? Tout était si parfait. Passer d'une telle joie à tant de peine l'instant suivant... Je suis anéanti, ne sachant que faire, ni comment réagir pour me rattraper. Elle prend les devants en me demandant de la laisser seule. Et partir.

– Quelle histoire… Et alors ?

– J'ai obéi, en m'excusant platement. Confus et dégoutant. Maudissant le ciel de ne pas m'avoir appris à être un homme, un vrai, avec elle. J'ai tant attendu ce moment. Et alors qu'il arrive enfin, Il me le dérobe brusquement. Quelle injustice ! Je me sentais prêt à revenir vers Lui avec elle, à travers elle. Je rentre à pied dans ma chambre d'enfant, la rage au ventre d'avoir gâché ma plus belle chance.

– …

– Où sommes-nous exactement ?

– Nous allons traverser le pont Mirabeau.

– Arrêtez, s'il vous plaît. Je vais descendre un instant.

– Il pleut des cordes…

– Juste un instant, Moïse. Je vous en prie.

Comme dans la salle obscure, sous la pluie, personne ne vous voit pleurer. Je sais que me remémorer tout cela n'est pas sans conséquence. Mais je n'ai pas le choix. Ça ne peut plus durer. Cette fois, je dois y arriver. Inspire. Expire. Il reste des cadavres à déterrer.

– Vous voulez faire une pause, Omar ?

– Non. Ça ira. Le meilleur est à venir. Et vous devez avoir hâte de savoir comment est arrivé mon premier livre.

– Oh oui ! Mais alors, avec votre ange ?

– À cette époque, nous avons le même minuscule *Nokia* qui permet d'appeler et d'envoyer des textos, et d'avoir cette vive discussion qui n'arrange rien. Quand le voyage est mal embarqué, difficile de redresser la barre, même avec la meilleure intention. Alors, je prends la décision de ne plus jamais la revoir, et de revenir à Lui, avec ou sans elle. La fête a assez duré. En croyant averti, j'ai le mode d'emploi ; ne reste plus qu'à l'appliquer de nouveau, poussé par le désir d'avoir moins mal, une fois de plus, et l'ambition de récupérer mon titre de champion, une fois de trop. Alors, je remonte sur le tapis de prière pour aller vers mes frères, heureux de revoir l'enfant prodigue enfiler les gants.

– On ne se refait pas. Vous êtes retourné à Lui. Vous connaissiez le chemin.

– Et elle mon numéro. Quelques jours plus tard, elle veut me voir de toute urgence après avoir été à la mosquée de Paris. Elle y a entendu l'appel à la prière avant d'y répondre en demandant à l'imam de la convertir. Je n'en crois pas mes oreilles. Ni mes yeux. Comment oublier son visage éclairé à la douce flamme de la félicité ? Je lui demande de tout me raconter en détails, ce qu'elle fait avec tant d'enthousiasme ! Et la douleur se tait aussitôt pour laisser place à un bonheur plus intense encore que celui de sa rencontre. Je n'en crois pas mes sens. Et pourtant... Victoire ! Une fois encore, je gagne contre le sort. Je suis béni ! Elle me suit à la mosquée du quartier où le *Sheikh* lui renouvelle sa conversion. Je veux qu'elle le fasse en ma présence pour sentir le souffle de son engagement. À cette époque, je suis employé dans une école maternelle. Animateur, je m'occupe d'élèves pendant la cantine et le goûter. Nous nous marions quelques semaines plus tard, dans la salle des fêtes de l'immeuble où j'ai appris à marcher. Ma fiancée porte plusieurs tenues, mais c'est en blanc qu'elle me ravit. Pris dans un tourbillon de félicitations, je ne veux pas voir l'absence de sa mère qui refuse de bénir notre union contre nature — sa fille, programmée pour devenir une icône de la mode, devient musulmane et s'unit avec un maghrébin de Ménilmontant. Elle fait malgré cela bonne figure jusqu'au bout de la soirée. Puis nous célébrons la nuit de noces dans un hôtel, à Gambetta, où je suis né. En attendant de trouver un logement, on dort dans ma chambre d'adolescent, sur un futon à même le sol. Alors, elle tombe enceinte. Seigneur, nous allions avoir un enfant ! Chaque jour, elle me presse de trouver un appartement. Je lui demande d'être patiente. Dieu y pourvoira. Dieu y pourvoira...

– Omar ? Tout va bien ?

– …

– Omar ?

– Vous vous souvenez de ce que vous faisiez le onze septembre deux mille un ?

– Le jour des attentats à New-York ?

– Il paraît que tout le monde se souvient ce qu'il faisait ce jour-là.

– Je travaillais chez un grossiste de vêtements quand le patron nous a demandé de venir dans son bureau où la télévision était toujours allumée. On est restés tout l'après-midi collés aux images qui tournaient en boucle.

– Comme vous, je m'en souviens parfaitement. C'est après que tout devient flou. Je suis chez mes parents, avec mon épouse enceinte de huit semaines. Je me prépare à partir quand on voit les avions s'écraser dans les tours. À l'école maternelle, je trouve les dames de service et la concierge devant l'écran de télévision, à la loge. En me voyant arriver, elles se lèvent à bas bruit, et nous nous dirigeons vers la cantine pour préparer la salle. Je sens comme un malaise. Une suspicion incompréhensible de la part de celles que je côtoie chaque jour en bonne intelligence. Puis, je rentre à la maison, contrarié. Le soir même, l'hypothèse d'un attentat commandité par *Al Qaïda* s'impose. Son chef, Oussama Ben Laden, turban blanc et longue barbe, apparaît dans tous les journaux, accompagné de commentaires sur le terrorisme, le fondamentalisme, l'islamisme. Je pense à ma femme et son ventre arrondi en me demandant comment vivre notre foi après ça. Dans quelle genre de société allons-nous élever notre enfant ? Je m'attends à être jugé, et affute déjà les arguments pour défendre ma vision de la religion, aux antipodes des informations qui défilent. Je me sens pris au piège d'une atmosphère indéchiffrable. Entre mes parents, soucieux de me voir vêtu de pied en cap comme l'ennemi public numéro un, et mes collègues qui ne m'adressent quasiment plus la parole. Et que dire des innombrables regards à encaisser chaque jour ? En sortant de la mosquée, je cours me ressourcer auprès de ma femme qui porte la promesse d'un monde meilleur, jusqu'à ce début d'après-midi, quand je rentre du travail et trouve ce mot sur le lit : « Oublie-nous, moi et le bébé… »

Dojo

Entre deux textos, je reçois une vieille photo de classe, prise à l'école maternelle. Bien que ce soient les détails qui fassent le sel de ces clichés d'un autre âge, mon regard est happé par celui de Julien, au centre de l'image. À ses côtés, je souris encore sous mes cheveux bruns. « – Ce que vous étiez mignons ! » Ma mère, à son habitude, fouille dans ses souvenirs pour tromper le présent.

À cet imparfait teinté de culpabilité, j'imagine l'espoir qu'elle fondait alors dans sa progéniture. L'enfant est un formidable champ des possibles qui rétrécit fatalement avec l'âge pour ne laisser à ses propriétaires qu'un vulgaire bout de terrain usé par le temps et les charançons.

La petite enfance. Une période charnière, à n'en pas douter. On y apprend, avec la parole, l'usage du mensonge — indispensable pour survivre en milieu hostile, surtout quand un corps sans force vous sert de paratonnerre. Je me revois dans le hall d'école, face à une lourde plaque commémorative, transporté par la lecture étouffée des noms de mes devanciers morts pendant la seconde guerre. Une façon comme une autre d'oublier les coups de pied dont j'étais victime sous l'œil aveugle de la directrice, trop occupée à s'assurer qu'aucun prédateur ne pénètre son établissement. Mais le loup était dans la bergerie, et il portait la blouse. À la onzième ruade, je me suis brusquement hissé sur mes guiboles, écrasant l'oppresseur au sol. Puis, calé sur sa poitrine, j'ai poursuivi l'assaut en le tapant de toutes mes forces pendant que nous hurlions tous deux d'effroi. Le temps pour la mère supérieure de tourner ses rides dans notre direction et m'arracher à ma vengeance en me frappant à son tour. L'intervention de Julien, qui ne pouvait encore admettre qu'on enseigne la loi du talion aux enfants, mettra fin à ce cours de morale improvisé.

Depuis, j'ai tout fait pour ne plus me retrouver dans ce genre d'intrigue, et le moyen le plus efficace pour me protéger du monde extérieur consistait à rester proche de lui. « Devenir quelqu'un », je laisse ça à d'autres. Miser sur la bonne personne me suffit.

En rentrant, nous avons, Julien et moi, fait le chemin ensemble, suivis de nos mères respectives. J'ignore ce qu'elles se sont dit mais, pendant le dîner, la décision fut prise de nous inscrire au karaté, au grand bonheur de mon meilleur ami. Bien incapable de mettre des mots sur mon embarras, je me suis laissé convaincre quand il m'a dit ceci : « – Tu pourras te défendre contre n'importe qui ! » Dans mon esprit, cette phrase désignait alors un des vilains monstres cachés sous le lit ; j'étais loin d'imaginer le sens qu'elle prendrait alors.

D'abord, je me suis caché derrière un kimono trop ample. Ces cris incessants, les visages menaçants, la rigueur des corps appliquant rigoureusement les mêmes gestes, la même posture ceinturée de blanc, de jaune ou de marron. Dos droit, menton relevé, pieds ancrés au sol avant de fendre l'air. De l'échauffement aux combats exécutés sous l'œil hargneux de parents encourageant leurs gosses à « mieux » frapper, j'ai détesté ces heures après l'école, deux fois par semaine, où j'accompagnais la colère de Julien sur le *dojo*. L'enseignant n'avait que le mot discipline à la bouche. Et respect, manifesté par le salut adressé au maître ou à ses adversaires — comme si les « respecter » suffisait à nous dédouaner de la souffrance qu'on infligeait. La séance était ponctuée d'ordres hurlés à l'unisson. *Cééza !* Asseyez-vous ! *Mokoussou.* Fermez les yeux. *Mokoussou yamé !* Cessez de fermer les yeux. *Choméni réé !* Respect pour ceux qui nous ont précédé. Comme sous la plaque commémorative, je retrouvais l'obsession pour l'Histoire qui agite nos gouvernants. Observer ces mioches se battre comme des chiffonniers me donnait la gerbe. J'épiais les gradés, virevoltant de proies en victimes, prendre un malin plaisir à rouer de coups leur binôme. Le bruit d'impact sur les victimes endurant stoïquement sous peine d'excommunication, couplé à l'indifférence des adultes à qui on ne pouvait se plaindre de peur d'être taxés de perdants, comme autant de circonstances aggravantes à la folie ambiante.

Les valeurs du code moral étaient inscrites en lettres rouges derrière l'instructeur, et pour ne pas croiser son regard, je fixais le mien sur ces quatre mots : courage, amitié, honneur, fidélité. J'avais le sentiment d'être exclu du premier, de quémander le second tout en rêvant du troisième, et d'être emprisonné par le dernier, si je voulais survivre. Mais au fil des leçons, Julien me mettait chaque fois un peu plus à l'écart de son cercle d'influence. C'était la star du *dojo*. Je gênais ses progrès, et l'instructeur, sentant en lui la graine de conquérant, le prenait sous son aile pendant qu'il m'ordonnait de rejoindre les faibles — ceux qui comme moi se trouvaient là par défaut. Pris au piège de mon *kimono*, incapable de maîtriser l'angoisse d'être brutalisé, je me suis concentré sur la maîtrise des gestes techniques, et me suis juré de tout faire pour intégrer le groupe des forts. Et ainsi retrouver l'estime du seul ami que j'avais alors.

Après quelques mois d'absence, je suis retourné à la salle où Nadine venait de me réinscrire. Précédé d'une réputation de bandit — l'arrestation de mes parents a fait grand bruit dans les médias —, je suis devenu une sorte de bête curieuse, et la célébrité à abattre pour les karatékas en quête de reconnaissance.

Parmi eux, j'ai retrouvé Julien plus endurci encore. Et nourrissant à mon égard une forme de jalousie que je n'ai pas tout de suite remarquée, encore moins comprise — c'était pour lui que j'étais revenu. Mon phare dans la nuit. Avant le *tatami*, nous étions comme cul et chemise, et passions le plus clair de notre temps libre avec Le Clown. Plus tard, j'ai mieux compris son éloignement. Mes échanges avec le maître du cimetière, et les questions que je lui posais sur les *Dalloz*, excluaient Julien qui partait lire ses aventures de super-héros pendant que nous discutions de celles des hommes. Je ne voyais pas le mal, et ne pensais alors qu'à me nourrir de la proximité de mon père de substitution, sans imaginer un instant faire du tort à mon frère. Julien, comme moi, n'avait plus de tuteur, et c'est le *sensei* qu'il avait — par défaut ? — choisi pour guide.

J'ai d'abord pris son agressivité comme un penchant naturel pour la compétition, alors que j'étais devenu un obstacle à éliminer. Le Clown l'a bien compris, et a fini par me diriger vers le combat que je fuyais de toutes mes forces. Pour lui, ces trois minutes constituaient un formidable terrain d'observation. Toutes ces émotions tirant le fil de mouvements coordonnés à la vitesse de l'éclair. L'absence de parole, les cris, le râle des combattants. Un concentré rare de nature humaine. Et me concernant, le temps où l'ambivalence de la relation se manifestait clairement.

Même si j'ai détesté l'affrontement, j'étais doué. Et volontaire. Chaque semaine, je me dirigeais sans broncher vers la salle pour batailler. Les entrainements étaient durs ; le *sensei* distribuait allègrement beignes et humiliations, persuadé que le plus fragile d'entre nous portait au fond de lui le potentiel d'un immense champion, lubie malheureusement partagée par nombre d'éducateurs à poigne au prétexte de tirer le meilleur de leurs élèves. Dans les faits, je n'ai vu que peu d'élus pour beaucoup d'appelés. Peut-être souhaitait-il nous endurcir pour mieux affronter l'environnement social autour du *dojo* ? Nous apprendre à esquiver les galères qui ne manqueraient pas d'arriver ? Un humaniste ? À d'autres. Quoiqu'il en soit, il ne souriait pas, même lorsqu'il nous complimentait. Comme si la gagne coulait de source.

J'ai malheureusement fini par aimer ça. Bien qu'écœuré par ce rythme démentiel, rien ne m'obligeait à y retourner chaque jour. Nadine ne m'a jamais forcé la main, au contraire d'autres géniteurs exigeant « le meilleur » pour leurs progénitures en conjuguant cette lubie avec la plus haute marche du podium. Un appétit difficile à digérer tant sur le plan physique que psychologique. Stress, fatigue, énervement ; autant d'excès encouragés par le dépassement des limites, plus connu de nos jours comme « la sortie de sa zone de confort ». Combien de fractures de fatigue sur des corps à peine pubères dues à une reprise trop brutale au retour des vacances ? La tolérance psychologique de l'enfant à la compétition est une donnée connue mais peu utilisée par les professionnels de la compétition. Dire d'un athlète qu'il est fort mentalement ? Plutôt séduisant. Mais comment cela s'évalue en réalité ? On peut compter le poids, la taille, le tour de biceps, mais le mental ? Qui plus est celui d'un môme ? Jusqu'où tolérer la violence et l'humiliation pour poser dans l'armoire à trophées une médaille dont le métal n'a de précieux que l'apparence ?

Ces années de karaté conditionnèrent lentement mais sûrement l'enfant unique que j'étais, habitué à ne lutter contre personne au foyer. Ni fratrie à dominer. Ni parents à défier. Ces allers-retours, sac de sport en bandoulière, m'obligèrent à adopter une stricte ligne de conduite, essentielle à la sauvegarde de ma réputation naissante. Si, en catégorie poussin, je tâtonnais encore un peu, en benjamin, les choses sérieuses ont commencé. Les deux minutes de combat — qui passeront à trois, puis quatre et cinq en senior — pendant lesquelles chacun tentait de conserver son énergie en absorbant celle de l'adversaire, hantaient mon esprit. Au coucher, au réveil, pendant un contrôle de géométrie, un épisode de *Ken survivant de l'enfer*, chaque évènement devenait l'occasion d'y penser. Sans y prendre garde, fini de jouer ; j'étais possédé par la compétition, poussé par les hurlements de la foule qui enflait chaque fois qu'une catégorie d'âge suppléait la précédente. Mon premier combat, au stade Pierre de Coubertin, devant des spectateurs venus de toute la France, a constitué un électrochoc que j'ai cherché à reproduire sans discontinuer.

Les tournois, bien plus que le karaté, rythmeront mes jeunes années. Des repas, préparés au gramme près, pour être certain de ne pas dépasser le poids autorisé, à la course, plusieurs kilomètres par jour, rivalisant avec celle du soleil à peine levé.

Piégé, entre la satisfaction de progresser et la désolation de découvrir sur le visage des challengers le véritable coût des victoires, combien de fois ai-je observé ces pauvres hères éjectés d'un coup vers l'anonymat d'une défaite sans le moindre regard de leur clan ? Après avoir exploité des années durant leur soif de réussite, les voir ainsi exclus pour une faiblesse, fut-elle accidentelle, m'a profondément marqué.

Des premiers *kata* au Pôle espoir, Julien et moi avons évolué ensemble jusqu'au championnat d'Europe, à Paris.

L'affiche avait de la gueule : deux Français s'y affrontaient en finale d'une compétition internationale. Quelle que soit l'issue du combat, la Marseillaise retentirait. Que le meilleur gagne. L'opposition a duré moins d'une minute ; sa dernière en toute conscience. *Uramawashi geri* ; un coup de talon au niveau de la tempe, accompagné de l'ultime *kiai* de ma courte carrière. L'arbitre m'a violemment poussé dans le coin avant de fondre sur le corps inerte. J'ai observé les secours s'activer sans esquisser la moindre pensée. « – Quelle tragédie ; perdre ainsi son meilleur ami... » L'enquête a validé la thèse de l'accident. Moi, je ne retenais qu'une chose : j'avais éliminé mon créancier. Julien répétait sans cesse que je lui devais tout. Il ne s'agissait plus d'amitié mais bien de dette entre nous. Et il ne s'est pas privé de me la faire payer. Au cours de karaté, la facture était devenue salée. Sa violence me consumait tant et si bien que je n'arrivais pas à lui en parler. J'ai tout fait pour gagner son respect, sans succès. Et il frappait encore et encore celui qu'il présentait aux autres comme son ombre.

Avant de l'éliminer en finale, j'ai affronté un jeune Turc qui m'a d'abord projeté au sol. Au moment d'entrer en piste, je l'ai vu retirer de son cou une fine corde enserrant un morceau de cuir cousu. Hypnotisé par ce talisman que je retrouverai des années plus tard sur mon biographe, j'ai brièvement perdu connaissance, avant de me relever pour gagner la manche. Sans cela, je ne me serais jamais dressé contre mon véritable adversaire.

Après l'accident, Julien a été plongé dans le coma. Je me suis rendu à son chevet pour lui ouvrir mon cœur ; s'il se trouvait dans cet état, il ne pouvait s'en prendre qu'à lui-même. Pourquoi n'avait-t-il pas compris ma détresse ? Pourquoi me brimer toutes ces années, sans la moindre pause à m'accorder ? Jusqu'à me forcer à de telles extrémités. Puis, ils l'ont débranché. Je n'ai pas été autorisé à me rendre à son enterrement, au cimetière où nous avons vécu nos meilleurs moments. Alors, soucieux de l'idée de justice patiemment inculquée par Le Clown, j'ai cherché à racheter ma faute en prenant soin du corps des autres. Mais ça n'a rien réparé, et je reste coincé dans ces relations déséquilibrées qui sournoisement vous détruisent de l'intérieur.

Je ne suis pas dupe du mépris de mes clients pour le serviteur que je reste à leurs yeux. Un *sparring-partner*, juste bon à tenir le miroir flatteur devant lequel ils constatent les progrès qu'ils font, quand ils en font. Persuadés que leur image doit refléter le génie qu'ils survendent aux autres. Chaque matin, pour les plus téméraires, je passe sortir les poubelles de leur mauvais *karma*. Des tas d'ordures qu'ils évacuent avec le stress dont je les débarrasse bien volontiers contre quelques billets. La reconnaissance du cœur ne me concerne pas.

Pourtant maître des heures que nous passons ensemble, je fais partie du petit personnel et, malgré le ton policé qu'ils m'adressent, sais pertinemment qu'ils n'ont pour moi que la considération qu'ils portent à leur confort. Pour la plupart, je suis un placebo. Et aucun n'imagine un seul instant, en me voyant débarquer chez eux en survêtement, à quel point je peux leur pourrir la vie qu'ils chérissent. Certains de mes clients sont des personnalités bénéficiant d'une sécurité inviolable. Les aborder relève de l'exploit ; les assaillir, du suicide. Moi, je passe tous les portiques de sécurité sans le moindre soupçon, alors que je pourrais les tuer d'un coup sec, ou les regarder s'éteindre à petit feu en pinçant ici un nerf sciatique, là, un ligament. S'ils savaient les innombrables combinaisons de brûlures contenues sous la plante de leurs pieds. Un geste, et je les prive de sommeil ; un autre, de digérer les repas étoilés qu'ils ingèrent au petit-déjeuner.

À peine franchi le seuil de leur intimité, en plongeant dans leur regard, en caressant leur peau, en observant ces langues qui ne peuvent s'empêcher de vriller, je me tiens informé de leur actualité. Et devine sans mal les points vitaux où appuyer. Ont-ils seulement conscience de l'extrême sensibilité du foie au printemps, du cœur en été ou des reins en hiver ? Comme le nez au milieu de la figure, je sens tout, et discerne le moindre frémissement en palpant le poignet, la nuque ou le genou. Si riches et puissants qu'on leur prête des empires, la réalité ne dépasse pas leur géographie corporelle ; ce court espace que je traverse de long en large en quelques battements de cils. Rien d'immense, ici-bas. Le vent qui gonfle leurs voiles ne les amène pas au-delà du nombril.

Je maintiens le flux d'air et de liquide pour qu'ils gardent le sentiment de performer, et m'autorise quelques entorses en freinant leur enthousiasme quand je les sens trop suffisants. Un jour, parfois deux, afin de rappeler leur condition de pauvre mortel. Maux de tête, de dos, de hanche, que je viens régler la fois suivante, en urgence, sous les louanges. Ils m'accueillent alors comme le messie, fidèle à la promesse faite au départ de notre relation : les accompagner vers une vie meilleure. Sans déséquilibre. Tout cela grâce aux bons soins de leur homme de confiance. Et séance après séance, ils gardent la tête hors de l'eau. Jusqu'à ce que je décide qu'il est temps de boire la tasse. Comme Julien, certaines personnes naissent juste pour être enterrées.

Ibrahim Gujrati

– *Keep your honor* ? Comment vous le traduisez ?

– Littéralement « garde ton honneur », ou « préserve ta dignité ». Même si nombre de conseils m'ont été donnés en langue trangère, j'ai mis du temps à le déchiffrer.

– Vous avez fait ces milliers de kilomètres pour ça ?

– Ça valait le coup pour mettre le point final. Quand j'ai perdu ma femme et le fruit de ses entrailles, je suis monté dans un avion pour l'Inde, d'où venaient les enseignements que je suivais alors. En l'annonçant à ma mère, elle a tout fait pour m'en dissuader. Je venais de signer avec la mairie un contrat m'accordant le statut de titulaire, ce qui, pour elle, signifiait un emploi et un logement à vie. Pour moi, l'essentiel était de comprendre pourquoi le ciel me tombait sur la tête. J'avais tout fait dans les règles. Et ne voyait aucune raison de subir un tel drame. Il me fallait des explications, et je suis allé à New Delhi interroger les responsables du mouvement religieux dont j'observais les instructions à la lettre. L'un d'eux, *Mawlana* Ibrahim, a pris le temps de m'écouter. Assis en tailleur, le regard mi-clos derrière ses lunettes fumées, il a sagement attendu que je termine ma plainte, en anglais. Après tous ces sacrifices pour Dieu, son prophète et la communauté, je ne demandais qu'une chose : le mode d'emploi pour réparer mon ange tombé du ciel. « – *Keep your honor.* » Très bien, d'accord ; ce sera fait. Mais comment la récupérer ? Pour lui, ce n'était pas le sujet. Fin de l'échange. Pas du voyage. Je suis resté deux mois à errer autour de la natte de paille tressée où je priais comme un forcené. Il fallait qu'on me la rende. Que tout redevienne comme avant. Ce cauchemar devait cesser une bonne fois pour toute.

– Et après ces deux mois ?

– Je suis rentré, vaincu et fané. Aucune envie de voir du monde, encore moins de prêcher. À l'époque, on ne parlait pas de dépression. L'adversité faisait partie du lot, et on devait la supporter si on voulait briller. C'était la seconde fois que j'allais voir les grands maîtres, et pour ma bande de la mosquée, je devenais un spécimen rare et éclairé. *Sheikh* Omar, celui vers qui on allait trouver la sagesse. Ils devaient penser que mon mutisme caractérisait une grande piété, alors que je passais le plus clair de mon temps à ruminer mon humiliation en repassant inlassablement le film pour décoder où j'avais merdé. Période ô combien fondatrice de mon activité d'écrivain.

– Que voulez-vous dire ?

– J'y ai appris qu'une bonne histoire, ce sont d'abord des rebondissements.

– Là, vous étiez servi !

– Et je ne vous raconte que les grandes lignes. Enfin, j'arrête de courir, et prends le temps de réfléchir à ce que je vis. Du décrochage scolaire à la rue, en passant par la case prison, avant de devenir le messager sur les cinq continents d'une foi que je connais à peine. Tous ces lieux, ces rencontres, ces sentiments. Où j'allais avec tout ça ? Plus question de vivre tête baissée sans prendre le contrôle de mon personnage.

– Et votre femme ? Vous l'avez revu ?

– Moins d'une minute. Le temps de se dire adieu. De retour d'Inde, elle m'a contacté. Je lui ai donné rendez-vous à l'hôtel où nous avons passé notre nuit de noce. Je l'ai surprise au saut du lit, à l'aube. Ce matin-là, je n'ai pensé qu'à mon honneur.

– Vous lui avez demandé des explications ? Sur son geste ?

– Pas nécessaire. La seule chose qui importait alors, c'était de me débarrasser de cette foutue dépendance. Et de me concentrer sur celui que je devenais alors.

Jeru

Aux grands hommes, la patrie reconnaissante. Et aux autres ? Je laisse leur éclat aux héros, caste surévaluée à laquelle je n'ai pas le loisir d'appartenir, au contraire de ce bon Général dont le souvenir est gravé au Panthéon en style lapidaire. Ce qu'il en reste ? Le nom d'une rue où je profite crânement de l'hiver — la saison des engelures et des bonnes résolutions.

Sous ma fenêtre, un citoyen tente de faire rugir son moteur. La portière claque. Un coup de savate sur la carrosserie, et le calme reprend ses aises.

Court passage devant la glace où pour moi rien ne change. Maman dit que je ressemble à mon père. Ce visage émacié, ce profil égyptien : esclave ou pharaon ?

Je me dirige vers la chambre où elle comate encore, m'assieds à même le sol, dos au mur, pour l'écouter ronfler. Au sol, ses fringues et les miennes entremêlées — finalement, le seul point commun avec cette inconnue rencontrée à un dîner où je dois parfois me montrer. J'ai d'abord voulu la raccompagner mais, dans l'impossibilité d'énoncer clairement son adresse, c'est chez moi qu'elle a terminé. Lorsque la lumière s'égare dans les profondeurs, naissent les pierres précieuses. En est-elle ? Quoi qu'il en soit, il faut d'abord qu'elle se lave.

Jusqu'au troisième verre, j'y ai presque cru. Prêt à parier sur notre rencontre pour alimenter l'espérance maternelle : faire le bien à la terre entière, me marier et produire des héritiers. Avant de l'envisager avec elle, je dois d'abord me résoudre à tirer un trait sur ma sieste.

Je descends les quatre-vingts marches qui me séparent de la terre ferme aussi allègrement qu'un blanc sec le gosier d'un ivrogne. Un vrai toboggan. Ma séance de gymnastique quotidienne. Le sport, c'est important. À la fin de l'exercice, je traverse le hall pour m'avancer vers mon partenaire de culture physique, une brute à la poigne de fer : la porte de mon vieil immeuble que je dois chaque fois tirer de toutes mes forces pour de nouveau sentir l'odeur du monde.

Paris seize. Quatre-cents mètres carrés. Neuf pièces. Deux domestiques. C'est ici qu'eux logent quand ils sont parisiens. J'ai rencontré John juste après ses quarante ans. Sa charmante épouse lui offrait mes massages pour l'aider à se remettre d'un séjour à se faire chatouiller les cellules au bord du Lac Léman — un programme de thérapie cellulaire censé ralentir le processus de vieillissement. Un an plus tard, j'étais invité à célébrer son premier milliard — ça se fête ces choses-là ? Depuis, chaque fois qu'ils sont dans la Capitale, il m'appelle. John me trouve *smart*, et m'invite régulièrement aux fastueux dîners qu'il organise. Hier soir, il répétait à ses invités que j'étais un genre de *data-analyst* d'êtres humains ; rien de commun avec les autres *coachs* sur le marché. C'est pour ça qu'il me payait une fortune. Comment lui donner tort ? Mon talent consiste à repérer la souffrance, la collecter pour l'analyser avant de la supprimer, à la demande de mes clients. Parfois, j'arrive à les convaincre de l'adopter. Quand ils acceptent, je la sublime pour qu'elle retrouve sa fonction : un moyen radical de rester à sa juste place. Ici, j'ai encore un peu de travail.

C'est à l'étage que je le retrouve pendant qu'il me prépare un café et s'allume une cigarette.

– Tu en veux une, Darius ?

– S'il te plaît, merci.

Dans son bureau, cet escalier en colimaçon articulé autour d'une barre qui part du sol pour finir au plafond, comme tous les escaliers certes, mais celui-là ne relie aucun étage, et la dernière marche est collée au lambris. Cet objet vain et absurde lui rappelle que l'humanité est un escalier qui ne mène nulle part ; où les hommes, tels des marches, dépendent les uns les autres de l'ascension ou la chute de leur semblable. Mais le plus remarquable dans cette pièce, c'est le fauteuil : bois précieux, vernis comme un sceptre, bras recouverts de velours rouge — à croire qu'il l'a hérité du Saint-Père… Pour se faire une idée précise de la valeur que se donne une personne, il suffit d'observer l'objet qu'elle choisit pour poser son derrière.

John est dans la *tech*, comme il dit. Son travail consiste à capturer l'attention de ses contemporains pour la *dealer* à d'autres qui s'en saisissent pour vendre des babioles en tous genres. Son talent, c'est d'avoir des idées. Et des employés pour les mettre en musique. Son rêve ? Trouver celle qui lui permettra d'intégrer l'équipe type de second millénaire : les GAFAM. Comme pour les footballeurs rêvant des plus grands joueurs, les entrepreneurs des nouvelles technologies salivent sur Musk ou Bezos. Je n'ai pas encore vu de poster dans sa chambre mais comme eux, John rêve de trouver l'application qui le fera entrer dans l'histoire de la *Valley*. En attendant, il investit dans celles des autres pour faire bouillir la marmite.

Quand il m'a appelé en m'annonçant fièrement qu'il avait enfin trouvé son billet pour le Panthéon des entrepreneurs, j'ai pensé que son enthousiasme contrebalancerait ma déception matrimoniale. Il y avait dans sa voix une tonalité irrésistible. Même si je reste lucide sur la nature de notre relation, je sais aussi ressentir l'inspiration quand elle se présente et là, ce salaud était clairement touché par la grâce.

Mon hôte fait partie de cette catégorie de personnes qui parlent sans arrêt en vous donnant le sentiment de vous inclure dans la conversation. À notre rencontre, j'ai pris un malin plaisir à l'observer vendre sa salive, envoûté par cette formidable capacité à gagner son pain en bavardant. À la facilité avec laquelle il faisait tournoyer sa langue, j'ai tout de suite compris que j'avais affaire à un homme particulièrement bien nourri. Depuis, nos échanges se sont équilibrés. John n'est pas un imbécile ; il vaut mieux m'avoir à table que dans le public. Je ne savais pas grand-chose de lui avant de le rencontrer, alors, j'ai visionné ses interviews. Chez ceux qui s'exposent à la poudre et l'éclairage, deux attitudes bien distinctes : soit ils perdent leurs moyens et se liquéfient devant la « pression » médiatique ; soit le contraire. Il est de cette trempe : telle une phalène épileptique, John désire plus que tout être ébloui. Je crois que c'est l'un des seuls de son secteur d'activité à avoir pareille actualité médiatique — il met même son grain de sel dans les émissions culinaires ! J'ai dû mordre dans une bonne trentaine de ses interventions et, plus j'en bouffais, plus j'avais la dalle. Captivant…

– Bon, tu es bien assis ?

– Oui.

– Alors, laisse-moi t'expliquer le projet en quelques lignes. Tu verras, c'est très simple.

Errare humanum est. Perseverare diabolicum. Après une décennie à l'écouter me raconter des projets sans véritable intérêt, on dirait qu'il a enfin trouvé le moyen d'allumer son étoile dans le ciel de San Francisco. Sa prochaine application permettra — en toute simplicité — de « parler à Dieu » à travers ses différentes révélations. En répondant d'abord à certaines questions, l'utilisateur aura la possibilité de créer un profil holistique prenant en compte aussi bien son état émotionnel que physiologique ; son mode de vie, ses ambitions, sentimentale et professionnelle ; ses influences politiques, sociales, philosophiques... sans que jamais il ne lui soit demandé sa religion. Il sélectionnera alors dans une immense base de données un ou plusieurs textes sacrés pour qu'une intelligence artificielle réponde à toutes ses questions en s'inspirant des écrits sélectionnés. *Jeru*, le nom de son nouveau jouet, synthétisera les écritures, mais aussi les textes de jurisprudence des différentes écoles de pensées pour donner à l'utilisateur des avis « sur-mesure ». Et tout cela gracieusement. Sans aucune clause particulière stipulant achat caché ou abonnement à venir. John veut garder l'esprit de la prière disponible partout et tout le temps, pour tout le monde, sans condition de revenus. En m'expliquant les grandes lignes de sa création, il répondait sans trembler aux questions que je ne manquais pas de lui poser. Jusqu'à la dernière : qu'est-ce qu'il avait à gagner dans tout ça ? Sa réponse m'a glacé le sang, et convaincu de tout faire pour répondre au premier commandement de ma pauvre mère : faire le bien à la terre entière.

– D'après les projections, dans ton beau pays, on table sur le million d'utilisateurs pour le lancement. À titre de comparaison, rien qu'en France, *TikTok* tourne autour des quinze millions d'utilisateurs actifs mensuels dont les trois-quarts ont moins de vingt-quatre ans, à la frontière de l'adolescence, quand on se fabrique encore la personnalité qui nous accompagne tout au long de l'existence. Les habitudes se prennent à ce moment, esthétiques, sociales, alimentaires. Mais aussi — et surtout — spirituelles. C'est la période des premiers amours, des choix d'orientations, sexuelle et professionnelle. Le temps des possibles, et de toutes les colères… Sais-tu que la moyenne d'âge des personnes condamnées en France pour faits de terrorisme est de vingt-six ans ? Et que près de la moitié n'a aucun diplôme ? La plupart d'entre elles ont été endoctrinées sur les réseaux sociaux numériques. À suivre la langue la mieux pendue s'inspirant de révélations dont elle ne comprend souvent pas le dixième du sens. Et les autorités se cassent les dents pour trouver un moyen de prévention efficace contre les affres de la radicalisation. Plutôt qu'empêcher la jeunesse d'entrer en communion avec Dieu *via* ces millions de comptes éparpillés, pourquoi ne pas lui proposer de converser directement avec l'Auteur des textes sacrés ? Sans filtre. Ni intermédiaire. Et cela sur une plateforme unique, bien plus simple à contrôler. Ne serait-ce pas formidable ? Et la clef du problème ? C'est tout l'intérêt de *Jeru*.

– L'intérêt de ton application ? Je veux bien l'entendre. Mais le tien, je ne vois toujours pas.

– Darius ! C'est pour ça que je t'adore. Difficile de rester en surface avec toi…

– Donc ?

– Tu sais combien de *fintech* compose mon portefeuille ? Une trentaine, valant plusieurs centaines de millions de dollars. Que faire de tout cet argent à part ajouter des pièces à des maisons où je ne reste jamais. Non, Darius, ce n'est plus là que se trouve mon intérêt. Je n'ai pas de compte en banque à remplir avec Jeru. Ni de données à collecter pour des marques de slips ou d'alcool bon marché.

– Alors ?

– Cette application représente un formidable laboratoire. À travers elle, j'entre dans l'intimité des utilisateurs, la vraie. Celle dénuée de la souillure du marché. Entre eux et moi, pas de business. Juste des confidences. La vérité dans toute sa splendeur.

– Le Dieu de l'application, c'est toi.

– *You fucking smart,* Darius ! En quelque sorte. On peut le dire.

– Et c'est ce que tu cherches ?

– Tu es déjà allé chez le psy ?

– Le tien ? Pas encore…

– Ah, ah ! Quand j'y vais, je ne suis jamais sincère. Je raconte les choses à ma manière. En cachant ceci et cela. Pourtant, cet enfoiré me coûte une blinde ! Mais je n'arrive pas à m'ouvrir à lui ; trop peur d'être jugé, trahi. Tu comprends ?

– Très bien.

– Avec toi, j'ai le même sentiment mais le corps ne peut pas tricher. Enfin, sauf la langue, bien sûr ! C'est la réalité que tu palpes quand tu poses tes mains sur moi. Et ça me fait un bien fou parce que je suis à nu. « Sans filtre » comme vous dites, ici. Tu sais, c'est un peu toi qui m'as inspiré ce concept. Le sentiment que je ressens quand je suis « dans tes bras », à ta merci. Quand mon *body* se passe de mes commentaires pour communiquer avec toi. Avec *Jeru*, c'est ce que je veux faire. Et ce que je veux ressentir chez mes fidèles… utilisateurs ! Ah, ah… Tu as marché, hein ?

– Continue.

– Tu as lu *Léviathan* ? De Paul Auster ? Avec ce personnage, Maria, suivant chaque matin en sortant de chez elle un inconnu qui lui sert de guide pour le reste de sa journée. Avant d'imaginer, à partir de son itinéraire, sa biographie. Et ça suffit à la rendre heureuse. Alors qu'elle ne le connaît ni d'Adam, ni d'Eve. « C'était devenu une méthode pour trouver de nouvelles idées, pour remplir le vide qui paraissait l'avoir englouti. » J'adore ce passage ! *Jeru* me donnera l'embarras du choix avec ces millions d'âmes errantes à tracer. Que je pourrais guider vers l'avenir.

– Guider ?

– Oui. Je sais susciter des actes d'achats ; guider, c'est le même principe. Je vais insuffler des décisions sur la conduite à tenir en amour, entre amis, au travail. Je conseillerai devant un obstacle de se battre ou capituler. Pour chaque personne, j'aurai un pouvoir incroyable. Tu imagines alors l'impact sur les familles, les communautés ? Et qu'est-ce que ça sera à l'échelle d'un pays ? *Insane*…

– …

– Tu es sceptique. C'est ton problème. Et à cause de ça, tu restes au service des autres. Ne le prends pas mal, *coach* On se dit les choses. Moi, je ne doute pas, et j'ai la capacité de gouverner mes semblables. Je ne vais pas me gêner.

– Pour les affaires, John…

– Quelle différence ? Mon psy, Darius, m'écoute pour une seule raison ; me diriger. Parfois, il m'a orienté vers des décisions terribles, comme m'éloigner de mon père soi-disant « toxique ». Quel effroyable pouvoir ! Alors qu'il ne sait de moi que je que je veux bien partager. *Jeru* offrira la sensation du confessionnel ; absolument seul avec Dieu. Et la sincérité des échanges garantira la qualité des réponses. Qu'est-ce que tu en penses, Darius ? Sincèrement.

– Je suis masseur, John. Pas penseur.

– Allez, je te paie suffisamment cher pour me répondre.

– *Jeru*, c'est le diminutif de Jérusalem ?

– Oui. Pourquoi ?

– Je crains que ton ambition t'interdise à tout jamais la paix.

Incognito

– Vous êtes retourné en Inde ?

– Pas après cette mise au point. Quelques virées en Afrique, aux États-Unis, en Turquie, avant de me concentrer sur mon pays.

– Quel est le voyage le plus marquant pour votre carrière d'écrivain ?

– Il y en a deux. Le premier m'amène à Montpellier.

– J'attendais une destination plus exotique…

– À trente ans, je coupe ma barbe, et avec elle, l'envie de prêcher la terre entière. Sans elle, qui opère tel un gyrophare indiquant à mes interlocuteurs ma couleur spirituelle, je fonds dans la foule. Après le look, une agglomération de taille moyenne, où je peux nouer des liens sans remuer le passé. Je deviens ce type banal, qui travaille et rentre chez lui avant de sortir flâner ou poser sa serviette à la plage. J'accepte une offre d'emploi chez *Ikea*. Avec une équipe de locaux, on fait le ménage du lever du soleil à la pause méridienne. Entre sable et baignade, les semaines s'étirent en toute discrétion, clairsemées de rencontres pendant lesquelles on invoque la pluie et le beau temps. J'écoute plus que je parle pour ressembler à mes interlocuteurs, nageant pour la plupart en surface. Des bains de banalités aussi nécessaires que rafraîchissants.

– Excusez-moi de vous poser la question mais, quel rapport avec l'écriture ?

– J'observe pendant cette période une myriade d'individus qui me racontent leur vie bien rangée. Rien d'excitant, et pourtant, je bois leurs paroles comme du petit lait. Et m'en inspire pour bâtir mon prototype. C'est fou ce qu'un inconnu croisé dans un bar vous confie sans même vous connaître. Je prends soin de ne rien dévoiler de mon pedigree. Aucune envie d'être catalogué voyou ou religieux, voire les deux, avec l'avènement du terrorisme. Je réponds par de courtes phrases aux questions censées les informer de mon parcours. Et m'astreins à composer une identité crédible, au-dessus de tout soupçon. Montpellier est une petite ville où l'on croise souvent les mêmes personnes. Je m'amuse à jongler entre leur réalité et mon fantasme : devenir l'homme invisible. Le rapport à l'écriture ? J'apprends à inventer des personnages inspirés de faits réels. Avant cela, j'ai toujours écrit sur mon entourage, de ma camarade de classe à mes compagnons de galère, au placard. Il ne m'était jamais venu à l'esprit d'en composer de toutes pièces. Je profite du séjour pour nourrir le héros de tous mes livres.

– Vous.

– Souvent seul, j'imagine ce qu'aurait pu être ma vie sans les évènements qui l'ont traversée. Si on me demande où j'ai passé mes dix-huit ans, impossible de répondre Fleury-Merogis. Il faut trouver autre chose, en empruntant aux quidams les brides de leurs bavardages. Si j'ai déjà voyagé ? Un peu. En Inde — ça, je peux le dire, sans avouer que je dors dans les mosquées pour convertir les autochtones. Le Pakistan ? Ne jamais mentionner ce pays, trop lié à l'actualité, et la guerre d'Afghanistan. Cette cicatrice sur l'arcade sourcilière ? Tout sauf une bagarre contre un videur de boîte de nuit. Et mes histoires d'amour ? Sur ce point, j'ai encore des progrès à faire pour travestir la vérité…

– Eh bien… Quelle aventure pour construire un livre ! Et le deuxième voyage ?

– Je prends goût à ce petit jeu, et pendant six mois studieux, fais d'énormes progrès pour donner vie à ma créature. De retour à Paris, chez mes parents, la partie se termine brusquement. Me voilà confronté à ce que je crains le plus au monde.

– De quoi aviez-vous si peur ?

– Votre fils s'appelle bien Joseph ?

– Oui. Pourquoi ?

– Vous êtes inquiet car il commence à rentrer après minuit.

– Depuis peu. C'est vrai.

– Que se passe-t-il chez vous avant minuit ?

– Pardon ?

– Les enfants rentrent de l'école, font leur devoir, regardent le téléphone ou la télévision, puis vous dînez ensemble avant qu'ils aillent se coucher.

– Voilà. C'est ce que nous faisons. Simplement.

– Simplement.

– J'ai l'impression que vous avez une idée en tête.

– Si c'est si simple, pourquoi Joseph refuse la confrontation ?

– Je ne vous suis pas. De quelle confrontation parlez-vous ?

– Je crois au contraire que vous me suivez au quart de tour.

– …

– Faites un effort, Moïse. Il s'agit de votre garçon.

– Non, vraiment. Là, je ne vois pas. Nous sommes une famille unie. Il n'y a pas de confrontation chez nous.

– Si vous le dîtes. Je poursuis mon récit, alors ?

– Attendez, attendez… On ne va pas rester sur ça.

– Il reste une quinzaine d'euros. Vous préférez qu'on en parle, ou je termine mon histoire ?

– Les deux, si ce n'est pas trop demandé !

– Alors, il va falloir choisir. Votre peuple ou la révélation ?

– Très drôle…

– Treize. C'est fou comme le compteur tourne quand on y prête attention. Où sommes-nous ?

– Rue Saint-Saëns. Nous allons passer le pont de Bir-Hakeim.

– « Le puits du sage. » Que fait-on, Moïse ?

– Oubliez ce fichu compteur. On continue la course.

– Sans rancune ?

– Aucune. J'ai déjà gagné ma journée avec vous. Le reste, c'est du bonus.

– C'est généreux. Merci. L'un de mes ponts préférés. Chaque fois que j'y passe, je prends le temps de l'observer.

– Alors respectons la tradition. Pause de cinq minutes. J'ai besoin de m'en griller une...

Chypre est une île merveilleuse. Baignée de soleil, elle offre à ses habitants une nature luxuriante où rien ne manque, si on veut bien se retrousser les manches. Avant Montpellier, j'y passe la moitié d'une année près du rivage, au nord de l'île. D'abord, le maître des lieux ne prête aucune attention à ma présence. Puis, il s'adresse à moi en me gratifiant d'un autre prénom, Abdel Karim. Incapable de le contredire, j'accepte d'être ainsi nommé chaque fois que l'occasion se présente. Jusqu'au jour où mon sosie, débarqué d'Amérique du Sud, vienne dresser sa couche près de la mienne — nous dormons dans la dergah, centre soufi où le monde entier vient s'instruire de la voie *Naqshbandi*. Je l'observe attentivement pour voir en lui ce qui nuit à mon éducation. Abdel Karim, le vrai, est là par amour. Pas uniquement de Dieu et son prophète, mais également d'une femme qui l'accompagne. Le pauvre garçon vit une terrible épreuve avant de retourner seul en Argentine. En dirigeant mon regard vers sa situation, le *Sheikh* me donne une clef dont je me sers encore aujourd'hui. Avec Moïse, le moment est venu d'ouvrir une nouvelle étape de notre relation.

– Nous voilà au bout du compte. Plus d'argent entre nous. Vous serez largement payé par la suite. Je sais que vous m'écoutez pour votre fils. Et ça ne me gêne pas le moins du monde. Si, en plus de trouver des réponses, je peux vous en apporter.

– Nous en étions à la confrontation. Avec ce que vous craignez le plus au monde.

– Et à Joseph qui fuit l'affrontement.

– Vous parlez de vos parents.

– Et de vous, par la même occasion.

– Continuez.

– Combien nous reste-t-il de ponts à traverser ?

– Un tiers.

– Nous avons un peu de temps. De retour à Paris, je me réinstalle dans ma chambre. Ce sanctuaire où je m'enferme à clef pour être sûr de ne pas me trouver sous leurs regards. Quand je ne suis pas en vadrouille, je m'y cache, et fais de mon mieux pour éviter l'accrochage.

– Vous étiez en conflit ?

– La nature même de notre relation. Si j'ai sillonné le monde pendant toutes ces années, c'est d'abord pour ne pas leur faire face. Particulièrement à la maison, leur terrain.

– Avant minuit…

– Exactement. Même si me voir rasé de près les soulage ; même s'ils comprennent que je suis passé à autre chose, il manque ce qu'attendent les parents de leurs progénitures : assez de maturité pour fonder un foyer. Et pour la charpente, un travail, et un logement.

– Une vie sociale.

– Qui commence à l'école, où vous laissez vos gosses dès que possible. Ces milliers d'heures à déchiffrer les hiéroglyphes de l'éducation nationale. Tant d'acharnement pour un diplôme, passe-partout validant la sortie du cocon familial. À l'instar du mariage ou du CDI. Autant de marches à gravir pour prendre définitivement son envol et quitter le nid. Et lorsque le mécanisme s'enraye, quand Joseph ne veut plus aller en cours, la première marche s'effondre, et avec elle, tout le plan, mettant en grand danger l'équilibre domestique. Le gardien de ses frères, et de votre dessein, cher Moïse. Et ça, pour vous et votre femme, c'est inacceptable après tant de renoncements.

– Alors, vient la confrontation.

– Que votre garçon fait tout pour éviter. Pas simple de défier le regard désapprobateur des siens. Rien de pire pour un enfant que d'être le méchant du livre de ses parents. Trouver sa place dans votre légende est un combat permanent. En avez-vous seulement conscience ? Savez-vous que Joseph lutte ? Et à quel point ? Qu'il se demande, pendant que nous roulons, comment s'intégrer au mieux à la saga familiale ? Et vous tenez fermement le stylo pour mettre au scénario vos plus belles répliques : « – On voit que tu n'as jamais eu faim ! » « – Moi, à ton âge… », « – Si j'avais eu toutes vos facilités… », « – Tu verras quand tu seras adulte ! » Vous appelez ça l'expérience, et comptez dessus pour mener la danse. Sûr de vos acquis, vous le menacez du pire en lui le souhaitant meilleur. À force de rabâcher la même chose, soyez certain qu'il a reçu le message, marqué à l'encre de vos frustrations. Profondément, insidieusement, en insistant bien sur l'obligation de résultats. *Ma petite entreprise connaît pas la crise*. Là, si. Et ce n'est pas la dernière. Il va falloir revoir vos objectifs, le management. Le salaire. Car la génération qui vient ne croit plus en nos rêves. Et c'est le moindre de ses problèmes.

– Et quel est alors son problème ?

– La loyauté, Moïse.

– …

– Ce sentiment ronge Joseph comme un cancer. Il sait ce qu'il vous doit. Sans vous, il renonce à l'homme qu'il rêve de devenir. Et il sent tout autant que vous n'êtes pas satisfait de son rendement, de ce qu'il apporte chaque jour à la table du sacrifice. Et sans les bonnes réponses à apporter à votre exigence, quelle autre option que la fugue ?

– Vous pensez qu'il ne rentre pas pour ces raisons ?

– Ce que je pense importe peu ; c'est ce que vous ressentez qui compte.

– Je ne l'avais jamais vu sous cet angle. Continuez votre histoire.

– Après Montpellier, j'ai quelques missions d'intérim. Autant de semaines à vendre des pyjamas sur les étals. Des coups dans l'eau pour calmer l'impatience des vieux, sans parvenir à les rassurer vraiment. Je sens bien la tension entre nous, dans chaque mètre carré de l'appartement où on ne manque pas de se cogner. Il faut faire quelque chose de ma vie. Et cette chose doit tenir dans un contrat de travail. Sans certificat pour me vendre sur le marché, je fouille mon expérience à la recherche d'une idée. Elle jaillit devant une vitrine, et la sublime couverture d'une bande-dessinée : *Djinn, Le Tatouage*. Happé par cette héroïne chamarrée de dessins au henné, je me souviens avoir été fasciné par les mains d'Indiennes peintes de la même matière. Ces arabesques me donnent le tournis, suffisamment pour me convaincre de les reproduire.

– Devenir tatoueur ? Décidément, l'écrit vous poursuit.

– On n'échappe pas à son destin.

– Ça ne s'improvise pas. Comment avez-vous fait ?

– D'abord, trouver la substance. À l'Institut du Monde Arabe. Rez-de-chaussée, face à l'édifice, dans l'espace commercial, une vendeuse me dirige vers un tube argenté avant de me demander ce que je compte en faire. «– Mon métier. » L'idée lui plaît. Elle me propose de rencontrer son directeur qui me reçoit la semaine suivante avec une proposition : mettre à ma disposition une tente près du salon de thé où je viendrai chaque week-end satisfaire ses clientes — il avait vu juste ; aucun homme ne s'est jamais présenté. Le *deal* est limpide : on partage moitié-moitié les bénéfices. Le week-end suivant, me voilà — sans le turban — installé sous un pavillon oriental avec coussins et tapis bariolés.

– Vous saviez tatouer ?

– Pas le moins du monde. Mais j'apprends vite. D'abord, avec mes nièces, puis en pratiquant sur les muses qui défilent. Je trace des fleurs, des papillons, ce genre de choses. Ça suffit à leur bonheur. Et au mien. Pas de quoi sabrer le champagne, mais tout de même ; un boulot qui me permet d'esquiver les week-end à la maison, tout en ramenant un peu d'argent pour le loyer.

– Vous ne le faisiez pas, avant ?

– Si peu. Je me complaisais dans le dénuement. Et mon RSA suffisait à peine à couvrir mes frais. Cette fois, je gagne suffisamment, mais toujours pas la confiance de mes parents. Jusqu'à ce qu'une amie, avec qui j'ai appris à marcher, me propose la location de son deux-pièces. Dans le vingtième arrondissement, rue Saint-Fargeau, celle qui prolonge Ménilmontant, où je reste à demeure. Le plus beau jour de ma vie…

– Finalement, tout s'arrange.

– L'accalmie dure un an. Avant le déluge. Même si je donne l'illusion de la stabilité, je marche sur des sables mouvants. Mon activité m'assure une rente convenable. J'ai mon appartement, mais rien ne dure en ce bas-monde. Ma proprio m'annonce la fin du bail, dans deux mois, le temps de sombrer. Parallèlement, un nouveau client m'engage pour ses soirées, où je dépense mon salaire en alcool de basse qualité. Voyant l'échéance arriver, je me torture l'esprit ; comment donner le change aux parents sans logement ? Retrouver ma chambre d'enfant ? Plutôt crever.

– Qu'avez-vous fait ?

– Ce que je sais faire ; prendre le large.

– Comment ?

– Lors d'une fête, je me lie avec une cartomancienne qui m'annonce, entre autres, l'arrivée d'une île où j'œuvrerais de mes mains. Elle me voit écrire sur le sable. Et régler ma dette. À condition de partager ce que je gagne. C'est en substance ce qu'elle me raconte.

– Vous aviez des dettes ?

– Non.

– Alors ?

– Alors, je termine mon café sans prêter attention à ses prédictions. Et le mois suivant, me voilà de l'autre côté du globe, m'extasiant devant une chorégraphie de baleines sous le soleil couchant. L'une des plus belles choses qui me soit arrivée.

– Où étiez-vous ?

– Sur l'île de la Réunion.

– En vacances ?

– En cavale. Deux années durant lesquelles je ne vois mes proches qu'à l'écran — à l'époque, c'est Skype qui sert de paravent.

– Deux ans sans voir vos parents ? C'est si long !

– Une éternité. En rendant les clefs de la rue Saint-Fargeau, je retourne à Ménilmontant. À peine franchi le seuil que mon père me demande ce que je compte faire maintenant. J'avais anticipé sa question pour répondre que je quittais le pays pour exporter mon talent.

– Pourquoi cette décision ?

– Il me fallait un endroit où exercer sans délai. Un territoire français ensoleillé pour ne pas manquer d'opportunités. J'ai le choix entre les Antilles, la Réunion ou la Polynésie. J'opte pour le juste milieu, et prends un billet pour Saint-Denis. On est en septembre ; l'été touche à sa fin sur le continent, et les Parisiennes se préparent à hiberner. Quand j'annonce mon intention de rejoindre l'hémisphère sud, je prends soin d'insister sur le caractère professionnel du voyage.

– Comment ont-ils réagi ?

– Ma mère, pas très bien. Toutes ces années, elle n'a vu son fils qu'à mi-temps. Et me voilà reparti pour un tour, Dieu sait pour combien de temps.

– Et votre père ?

– Il m'a souhaité bonne chance. Sur ses traces, je pars à l'aventure. Et comme à Montpellier, j'esquisse en chemin les traits d'un nouveau personnage.

– Et vous avez tenu deux ans.

– Tenu. C'est le bon terme. En arrivant, je compte démarcher les hôtels au bord de plages bondées de maillots de bain. Les locaux prennent soin de leur allure, et je salive d'avance des kilomètres de peau à colorier. Avant de m'y mettre, je prends un mois pour explorer l'île aux parfums. En me promenant dans la Capitale, je tombe sur un gars croisé en Inde, dix ans plus tôt.

– Incroyable !

– Moi qui pensais retrouver l'anonymat du sud de la France... Finalement, ce n'est pas si grave. Je loue un chouette appartement d'où j'appelle mes parents pour leur raconter mon odyssée — la beauté des paysages, la gentillesse des habitants, l'incroyable potentiel économique — avant de raccrocher, satisfait de mon tour de magie. Mon souvenir d'Inde me présente son frère, gérant d'une boutique de fringues où je passe, entre deux balades, pour le café. Un beau matin, il débarque à la case et me demande de le remplacer, d'abord quelques jours, puis, pour une durée indéterminée. Le graal : un salaire, une mutuelle, et un nouveau décor à présenter à la caméra de l'ordinateur. En autodidacte, j'apprends à gérer une affaire. L'enseigne *Unlimited* représente l'excellence pour la région. Les passants s'arrêtent devant la vitrine pour se prendre en photo. À l'intérieur, les grands couturiers exposent leurs collections. En forme olympique, travailleur et locataire, je passe les week-ends à la mer avec mon voisin, créateur d'une marque locale. Peter, un taiseux comme je les aime.

– Difficile de se déplacer sur une île sans permis.

– Ça ne m'a pas gêné. La plupart du temps, je reste en ville où je suis à l'aise. Un an passe, et six nouveaux mois pendant lesquels je joue à la *Playstation* ou regarde des films sur grand écran. Je tourne en rond dans ma prison dorée et crève d'envie de rentrer à Paris. Mais pour quoi faire ? Repartir de zéro ? En intérim ? Ou que sais-je encore ? Un samedi soir, je m'arrête à la librairie pour acheter la presse, disposée sur le comptoir, près de la caisse. À droite, un présentoir où sont vendus des essais. Celui que j'achète, *Précis de décomposition*, m'interpelle. Le premier chapitre, *Généalogie du fanatisme*, me bouleverse. Le second, *l'Anti-prophète*, m'éclaire. En deux pages, l'auteur, résume dix ans de mon parcours. J'aime son style, cette façon de trouver le mot juste pour raconter l'indicible. Si une lecture me fait tant de bien, suis-je encore capable de me soigner de la même manière ? Et si au lieu de dessiner, je me remettais à écrire ? J'ai le sentiment d'en être capable, en plus de la certitude d'avoir des choses à dire. Et si, par miracle, ça devenait en plus un vrai métier ?

Dina

Le triangle d'or, où je passe le plus clair de mon temps à redresser les carcasses. À l'angle de l'avenue George-V et la rue Pierre-Charron, je retrouve ma partenaire, attablée en terrasse devant une noix de veau.

– Ça te dit ?

– Sans façon. La cuisine est encore ouverte ?

– J'aime la tendresse à toute heure. Et j'adore ce morceau. Niko a eu la gentillesse de me réchauffer une assiette. Je la mérite !

– Journée difficile ?

– Un peu... T'en penses quoi, *coach*, des végans ? J'ai vu Alice ce matin. Elle m'a encore parlé de ma responsabilité de mangeuse de viande.

– Alice ?

– Ta cliente. Tu sais que sa fille défend la cause animale.

– Ça ou autre chose. Tu as du feu ?

– Attends que je termine avant d'en griller une. Regarde dans mon sac. J'ai des Italiennes.

– *Grazie mille*.

– Elle ne m'a pas lâchée de toute la séance. Elle causait d'éthique, de moral, du refus de la souffrance infligée aux bêtes. Ça te parle, Darius le tortionnaire ?

– Seulement si nécessaire. Laisse tomber. Ça lui passera. Pas trop fatiguée ? Tu me masses après ? Je reprends dans deux heures.

– Si je suis fatiguée à vingt-deux ans, mieux vaut en finir maintenant… Minute papillon ; je n'en ai pas fini avec elle ! Elle m'a labouré le cerveau. Maintenant, j'ai peur de croquer dans mon dernier quartier de barbac… D'après elle, si on peut se nourrir sainement avec une alimentation végétale, c'est immoral et criminel de tuer des êtres vivants pour notre seul plaisir. Elle n'a pas tort, non ? Tu penses que je suis malsaine ? Dis-moi la vérité, Darius le sage.

– Les végétaux vivent aussi. Ils naissent, se développent, se reproduisent et meurent.

– C'est vrai.

– Donc…

– Donc, j'ai répondu la même chose. Elle a rétorqué que les végétaux, au contraire des animaux, n'étaient pas doués de sensibilité. Elle m'a baratiné, la garce ! Elle était si convaincante. Quand elle m'a demandé si j'étais carnivore, ça m'a fait tout drôle. Je n'ai pas osé lui avouer que je préfère les petits du troupeau.

– Fini les souris d'agneau. Comment s'est terminée la conversation ?

– Ça, jamais ! Par un grognement. J'ai repris le dessus en objectant qu'elle devrait se demander pourquoi elle fantasme sur une masseuse de l'âge de sa fille au lieu de jouer les mères la morale. Ces gens m'agacent ! Tu n'as jamais envie d'en tuer un ?

– Pour le dévorer ?

– Entre les mains expertes de Niko…

– De quoi rajouter une étoile à son tablier.

– Tu plaisantes, mais au rythme où vont les choses, le cannibalisme pourrait revenir en force !

– Il a donc disparu ?

« – Masser de mes propres ailes. », c'est ainsi que Dina m'a annoncé vouloir suivre mon exemple. Quand elle m'a demandé de l'initier, je l'ai mal jugée. Bêtement, j'ai raconté la fois quand, au tout début de ma carrière, j'ai choisi la facilité dans un palace de la Côte d'Azur avec une cliente ménopausée. J'ai tenté d'offrir ses derniers frémissements à ma bienfaitrice, qui venait de fêter ses quatre-vingts printemps. Peine perdue. Ce qui manquait à son bonheur, ce n'était pas un étalon sur draps de soie, mais un lit médicalisé. Un fémur aussi fragile que le cristal qu'elle adorait ne facilitait pas la tâche du gigolo que j'essayais de devenir, et j'ai dû faire preuve de beaucoup de doigté pour émouvoir le bout de chair pendu entre ses lèvres fanées. « – Dina, le massage n'est pas un jeu. C'est sérieux. »

Elle m'a écouté sans m'interrompre, et de sa voix rauque m'a traité d'imbécile, avant de réitérer sa demande.

Depuis, elle négocie son talent à prix d'or, et se réserve à une clientèle exclusivement féminine. Elle trouve ça plus chic sur une carte de visite. Je lui envoie des habituées à qui je n'ai plus rien à apporter. En s'ouvrant au charme de Dina, elles s'évaporent sans laisser de trace. Alice est la dernière éclipse de mon carnet d'adresses.

La plupart du temps, mes clients et moi faisons bonne figure pendant l'heure que nous partageons. Nos discussions tournent autour de banalités bien apprises, chacun jouant sa partition à la note près. Mais parfois, la façade s'effondre, et il faut reconstruire. Alice est ce qu'on appelle une *successful woman* : cheffe d'entreprise, maman comblée d'une jeune femme de dix-huit ans, elle est également propriétaire de quelques appartements et loue une loge à l'Opéra Garnier quand elle veut s'évader en musique. Le teint lumineux sous le masque de fer, une ligne parfaite, elle ne fume pas, ne boit que du Ruinart, parle couramment quatre langues. Et pourtant, la coupe est pleine ; elle dit se sentir prisonnière du personnage qu'elle surjoue et dont elle ne comprend plus l'utilité. Elle, dont on loue la faculté d'analyse, désespère d'échapper à sa névrose — en même temps, vivre dans la peau d'une autre, et s'étonner de virer schizophrène... L'illusion a duré tant que sa fille vivait sous son toit et qu'elle pouvait, le soir venant, récupérer son visage de mère aimante, mais l'oisillon a quitté le nid, et seule sur la branche, Alice s'ennuie.

Lorsque l'adolescente logeait chez elle, Alice boxait deux fois par semaine ; un moyen comme un autre de prévenir son héritière qu'elle devrait, à son tour, se battre pour réussir. Quoi donc ? Je cherche encore. Il est toujours instructif de comparer les demandes des clients — gagner en souplesse, en endurance, en force... — et ce à quoi ils aspirent dans leur carrière. Certains sont de véritables athlètes, des compétiteurs nés. Alice fait partie de cette catégorie de champions accros à la victoire. Mais les dernières semaines, les séances avaient changé de profil, et de fréquence ; la peur cimentait son organisme, et le massage s'est imposé.

Comme moi au commencement, Dina prend soin des gens. Chacun à sa manière, on lutte à mains nues et au corps à corps contre toutes sortes de déséquilibrés. Malgré son jeune âge, elle s'en sort à merveille, et prend les heures qui passent avec discernement. « – Toi et moi, on vend des promesses qu'on arrive parfois à tenir. »

Je l'ai rencontrée pendant une *fashion-week* — la pire semaine de mon agenda. Employé par une agence de mannequins, je reste à la disposition de silhouettes débarquées du monde entier sur les podiums de la Capitale pour les aider à encaisser l'enchaînement des défilés. Elle s'est allongée avec ses lunettes fumées — ce que j'ai d'abord pris pour une coquetterie — avant de les retirer, dévoilant le regard amputé d'un œil qui captait toute son attention. Elle m'a demandé ce que j'en pensais. « – Pas grand-chose. Je n'aime pas le vert. » Ma réponse l'a fait rire — je voulais qu'elle se concentre sur la pupille en bonne santé, couleur émeraude. Elle m'a confié que son infirmité lui valait les sollicitations des plus grandes maisons de couture, soucieuses de renvoyer une image inclusive aux marchés. Son grand dilemme : on la désirait pour ce qu'elle haïssait le plus au monde.

Je n'ai pas immédiatement saisi la portée de ses confidences, même si certains aspects de son parcours m'évoquent furieusement le mien. Pour mieux la comprendre, je l'ai invitée à dîner à la maison. Notre première souris d'agneau, engloutie en un temps record. La soirée n'a rien donné, et j'ai dû poursuivre l'investigation en solitaire. Ce bout de femme venait de s'émanciper d'une famille d'accueil dont elle maudissait la particule. À l'entendre, elle avait mille raisons d'être en colère — je n'avais jamais entendu jurer comme elle ! Outre son nom de famille, j'ai retenu celui de l'orphelinat qui l'a prise en charge à la mort de sa mère. Un endroit chagrin aux environs de Lyon, tenu par des sœurs aigres comme leur vinaigre.

Poussé à bout par leur vœux de silence, j'ai fracturé le bureau de la mère supérieure où sommeillait l'objet de ma recherche. Le dossier récupéré, il ne manquait que le mot de passe de Nadine pour explorer les archives de la DDASS et remonter aux origines de la merveille borgne. Avant d'être recueillie par la congrégation, Dina poussait dans les jupes d'une maman célibataire. À part ce coup de sang sur la page de garde — *père inconnu* —, pas la moindre information sur le géniteur. Avant sa grossesse, la mère de Dina travaillait pour une famille de châtelains dont le nom était inscrit en caractères gothiques à l'entrée de l'orphelinat. Propriétaires du terrain et mécènes, cette vieille lignée d'aristocrates a mis fin à son contrat quelques semaines après son embauche. Or — et je suis bien placé pour le savoir —, les nobles supervisent avec tant de soin le recrutement de leur personnel que prendre une gouvernante pour si peu de temps n'avait aucun sens.

Lors de ma visite dans la région, j'ai trouvé le château, et des nuits assez longues pour jouer au spectre du donjon. La maîtresse des lieux y demeurait une partie de l'année avec le souvenir d'un défunt mari, et son fils unique qui hantait l'aile ouest en compagnie de son épouse et leurs enfants. En fouillant les chambres, un détail m'assurait que le rejeton de cette vieille branche n'était pas étranger à l'affaire qui me tenait en haleine depuis soixante-douze heures.

La mère de Dina devait s'occuper des héritiers avant de les quitter à la hâte pour s'installer à Paris où elle serait, trois ans plus tard, lâchement assassinée dans son hall d'immeuble. Le meurtrier, jamais retrouvé, avait frappé sa môme avec la crosse d'un révolver. Dina affirmait qu'elle n'oublierait jamais le visage de son agresseur, mais son unique témoignage n'avait pas permis de boucler l'affaire, qui avait été traitée aussi rapidement qu'un rhume. Avant notre rencontre, personne ne s'était jamais soucié de réparer cette enfant.

D'après le dossier de l'aide sociale à l'enfance, sa mère n'avait pas de parents en France. De là à envoyer l'orpheline dans une institution si éloignée de son lieu de résidence... Les photos de famille levaient le mystère ; en même temps que les zones d'ombres disparaissaient à la lumière d'une vieille bougie, l'évidence éclatait : le regard vert émeraude partagé par la mère et son adultère de fils.

Je concluais mon enquête par un souper dans un *Relais & Châteaux* de la vallée du Rhône. En poche, la photo du père biologique de ma protégée. Au dos, l'adresse de son domicile parisien. Même si l'idée m'a longtemps titillé, à quoi bon lui en parler ? Dina mérite mieux qu'une histoire de fantômes.

– Tu penses qu'elle a raison de dire que l'agneau est sensible ?

– Certainement, et alors ? Il a le droit de mourir lui aussi.

– Oui. L'un n'empêche pas l'autre. Je ne t'ai pas dit ? J'ai croisé une femme dans les couloirs de l'hôtel. Très élégante. On s'est souri. Son parfum m'a rappelé maman.

Duel

– Vous avez réussi votre pari. Vous êtes devenu écrivain.

Il s'agit maintenant de le rester. L'heure tourne. Je dois prendre une décision. Mais d'abord, aller au bout de l'histoire. Mon échantillon de juré désormais bien accroché, je dois être certain avant de me décider.

– Tout arrive. Me voilà dans votre taxi à parler de mon travail, comme s'il coulait de source.

– Vous avez quitté la Réunion pour écrire votre premier portrait.

– Il prend forme sur l'île, les dernières semaines. Celui d'un personnage souffreteux que je prends soin de loger à Paris dans un bel appartement.

– Bien évidemment.

– Avant d'éliminer ses géniteurs.

– Radical !

– Et trop facile. Au début, on contourne son nombril, avant de s'apercevoir qu'il est lié à d'autres corps. Je reviens à Pierre, mon éditeur, alors que je lui annonce la parution du livre sur mes parents : « – Un écrivain doit, à un moment de sa carrière, s'y confronter. » Le point de départ de la mienne a lieu un dimanche, après mon retour à Ménilmontant.

– La fameuse confrontation.

– Inévitable.

– Vous y êtes retourné en quittant l'hémisphère sud. On revient toujours sur le lieu du…

– Crime ? Tuer le père, tout ça ?
– Du départ !
– Je vous taquine, Moïse. Nous ne sommes pas dans un livre. La porte était ouverte. Je l'ai poussée.
– Simplement.
– Les valises pleines de souvenirs à partager, ils m'écoutent sans faire de vagues. Mais le regard du père ne trompe personne. Je le sens bouillonner. Une pique, prononcée de ses lèvres fines, a rompu la digue.
– Puis-je vous demander de quoi il s'agit ?
– Si vous n'y voyez pas d'objection, cette archive, je la garde pour moi. Et vous invite à peser vos paroles avec Joseph. Les mots d'un père pour son fils sont autant de mises à mort que de résurrections.
– …
– On ne sait jamais quand aura lieu la vraie conversation, celle qui écrase toutes les autres. Avez-vous déjà eu ce genre d'échange avec lui ?
– Non. J'en ai encore trop peur.
– Chaque chose en son temps. Nous avons attendu trente-cinq ans avant le déluge.
– Qui arrive par ce mot.
– Ça commence toujours par une goutte.
– Celle qui fait déborder le vase.
– J'en ai marre d'être le vilain petit canard, et plus qu'assez de ne pouvoir m'expliquer.
– Que voulez-vous dire ?
– J'ai saisi le message : je ne resterais pas éternellement sous leur toit. Je trouverai une solution. Quitte à dormir sous un pont. Papa répond que ce n'est pas la question ; qu'il y aura toujours ma place ici. Seulement, il désespère de me voir sans travail, ni logement. Sans situation. Alors, j'ai explosé.
– Pourquoi ?
– S'il a raison sur le constat, il passe à côté des causes : comment bâtir cet avenir sans les bons outils à disposition ?
– Vous êtes intelligent, plein de vie, avec une famille aimante ; vous avez tout pour réussir.

– C’est ce qu’il répond. Et ce que vous direz certainement à Joseph. La morale des pères.

– …

– Tout pour réussir ? J’arrête l’école au collège, avant de vagabonder une bonne quinzaine d’années. Pas l’ombre d’un diplôme, et même si j’ai quelque expérience, nous sommes en France ; mon profil, sur le marché du travail, me laisse le choix entre manutentionnaire et ouvrier. Et sans lui manquer de respect, sur ce point, jamais je ne supporterai de lui ressembler ; me détruire la santé pour une solde de misère ? Plutôt crever. Témoin privilégié de sa vie de galère, je n’ai aucune motivation pour la truelle et le chantier. Quoi d’autre ? Agent de sécurité, homme de ménage, animateur périscolaire… Répéter chaque jour les mêmes tâches sous l’œil inquisiteur d’un petit chef ? Insupportable. Et même si j’accepte ces plans de carrières, comment me loger avec ces salaires ? En banlieue, tout au bout du RER, pour souffler quelques heures d’une vie de prolétaire avant de repartir au charbon ? Le boomerang me revient en pleine gueule, et la réalité socio-économique me ramène sur la terre ferme. Votre terre promise, cher Moïse. Celle de tous les pères. Mes parents m’écoutent religieusement, sans m’interrompre. Comme s’ils découvraient un nouveau monde. Je crois que c’est la première fois qu’on a une discussion d’adultes. Sans affect. Je déroule mes arguments en mentionnant les ravages que la société de compétition inflige à nos ambitions. Difficile à concevoir pour eux qui ont vécu des guerres. Si malgré les embûches, ils ont fait leurs places, pourquoi pas leurs enfants ? Parce qu’on n’est pas faits du même bois. Le moule est à usage unique et ne se partage pas. Joseph a votre sang, pas votre résilience. Avant l’heure de vérité, on ne parlait jamais de nos faiblesses. On vivait ensemble en se cachant les uns des autres. Dans une posture, sa chambre, derrière un écran. Quand je leur dis que je viens de passer deux ans à l’autre bout du monde pour ne pas confronter leurs regards, ça les bouleverse. Je les sens terriblement désolés. « – Pourquoi tu as fait ça ? Il ne faut pas te cacher de nous. »

C'est ce que je faisais depuis l'adolescence, et ils en prenaient seulement conscience.

– Vous avez arrêté de courir. Et vous êtes enfin dévoilé.

– Et alors, cette sensation étrange et merveilleuse d'être enfin considéré pour ce que je suis, pas ce qu'on attend de moi. Leur attitude — yeux grands ouverts, lèvres closes — me rassure. Je me calme. Et les aime comme jamais. Ils ont des mots simples. Apaisants. Ils n'avaient pas mesuré à quel point je souffrais de ne pas être à leur hauteur. Il fallait d'abord qu'ils le comprennent avant d'exposer mon plan pour les rendre fiers.

– Votre plan. Pas le leur.

– Quand j'évoque de mon envie d'écrire, ils m'écoutent, et demandent, sans penser à mal : « – Écrire, c'est un métier ? » Comment oublier la question naïve de ma mère qui chaque anniversaire prend la peine d'accoucher sur une feuille ces quelques mots bouleversants de sincérité ? Et qu'importe l'orthographe, la syntaxe, la grammaire. « – Oui, maman. Je peux gagner ma vie en écrivant. » Je ne sais pas encore comment, mais je le sens. Comme une évidence. Quand je demande à mon maçon de père ce qu'il aurait aimé faire s'il avait pu choisir sa profession ; il répond « – Travailler avec l'Histoire ». J'ai de qui tenir.

– La boucle est bouclée.

– Après leur assentiment, il me faut du temps. Quelques mois, tout au plus. Un sursis pour faire un livre. Je crois au miracle et veux les convertir.

– On ne se refait pas.

– On suit scrupuleusement les voies de sa nature. Après cette discussion, on pleure ensemble. Ça ne nous était jamais arrivé. Et ils ont ces mots qui lancent ma carrière. « – On te fait confiance. Et on va t'aider. » Ce ne sont pas mes éditeurs qui m'ont mis le pied à l'étrier, mais deux analphabètes en me donnant leur bénédiction. Ce dimanche, sous le regard de mes parents, je deviens écrivain. Pour leur plaire. Et me faire une situation.

– La grande confrontation.

– Et après elle, la paix. Soulagé, je me remets à l'ouvrage. Pour gagner mon pain, je fais le gardien de parking, de nuit, Porte Maillot. J'y vais en bleu de travail, et noircis les pages à la lumière des phares. Chaque fiche de paie, je donne la moitié à la maison où nous vivons en harmonie. J'installe ma routine ; le café du matin au bistrot d'en face, avant d'aller dans le sixième arrondissement où ma sœur me conseille d'écrire au calme. À L'Hôtel, rue des Beaux-Arts, où Oscar Wilde a rendu ses derniers vers. Un matin, alors que je lis la presse en bas de chez moi, je croise celle qui m'apprendra à transformer l'essai.

– Une nouvelle aventure ? J'espère que ça s'est mieux passé…

– Sans aucune comparaison avec les précédentes. C'est un homme différent qu'elle découvre. Plus le ventriloque. À la question de mon activité, je réponds, le plus naturellement du monde, que j'écris. Elle veut en savoir plus. J'en parle dans les grandes lignes. Elle propose de me lire — je ne sais pas encore qu'elle est professeure de littérature —, avant de m'inviter à une rencontre qu'elle animera en librairie. Nous en restons là, jusqu'à cette soirée où je me rends au *Comptoir des mots*, à Gambetta.

– Là où vous êtes né…

– Je l'écoute pendant une heure, et à la fin, me dirige vers elle en lui disant que je n'ai rien compris, mais la trouve brillante. Ça l'amuse, et on décide de se revoir. Quelques mois après le début de notre relation, Elle me propose d'écrire un texte pour le poster sur un site qui vient d'être mis en ligne. *Raconter la vie* a pour projet de donner à lire des vies ordinaires. Pourquoi ne pas exposer la mienne ? Avant cela, je découvre les auteurs de son incroyable bibliothèque. Avant d'aller chez elle, je n'ai jamais vu autant de bouquins au même endroit. Chez mes parents, il y a peu de livres, hormis ceux de mon petit frère, devenu avocat, un peu grâce à moi — je lui dis pour le taquiner. Lui, on a fait attention à ce qu'il dispose de tous les outils pour se faire une situation.

– Le gardien de ses frères.

– En quelque sorte. Le deux-pièces, où je suis installé avec elle, déborde de mots, de formules, d'expressions. Elle me conseille régulièrement des chefs d'œuvres à glisser dans la poche. Je n'oublierai jamais ce moment, chez un de ses amis, aux toilettes, une pièce envahie de livres. Ce couple a une gamine de six ans, et je me dis qu'elle a bien de la chance de grandir entourée d'érudition, jusqu'au cabinet d'aisance. Vous avez une bibliothèque, Moïse ?

– Non, et à vous entendre, je le regrette. Joseph adore lire. Il s'enferme dans sa chambre pour dévorer la Bible. C'est son livre de chevet. Et ce texte, sur le site. Qu'est-ce que c'était ?

– Je dois développer en quelques pages un récit de vie. Une expérience qui vaut la peine d'être racontée. Je le prends comme un entraînement à l'autobiographie. Enfin, j'ose ma véritable histoire, sans le filtre de la fiction. Persuadé qu'elle s'évaporera dans le brouillard d'internet. Je crée même un pseudo pour rester dans l'obscurité.

– Je suis curieux de l'entendre.

– L'Asthmatique. Derrière mon loup, je raconte l'histoire de ma barbe, de sa naissance, sur le tapis de prière, à sa fin, dans la salle de bain familiale. Puis, je reviens à mon manuscrit où mon personnage principal a désormais un complice ; ensemble, ils prennent le pouvoir.

– Un thriller ?

– Un style hybride, entre le roman noir et le feuilleton. Je n'ai jamais été doué pour les cases. Quelques jours plus tard, mon texte, posté anonymement sur le site *Raconter la vie*, est lu par Pierre Rosanvallon, qui m'invite au collège de France pour en discuter.

– Au Collège de France ?

– Il y enseigne. Avant cela, je n'avais jamais entendu parler de cette institution. Mais j'aime bien le quartier. Dans son bureau, lui aussi plein de bouquins, on parle de mon passé. Moi qui fais tout pour ne pas le mentionner, ça me fait du bien de lui raconter en détails. À la fin de l'échange, il me demande si je me sens capable de publier mes souvenirs. Je pense à mon père qui répète souvent qu'il faut être

« capable » ; un de ses mots favoris, celui qu'il me dit encore quand il raconte son départ d'Algérie pour montrer à son vieux qu'il est « capable », lui aussi. Je réponds « – Oui. » à Pierre — ma révolution française. J'ai des choses à dire, une situation à installer. Il faut saisir l'occasion. Je la prends au collet.

– Et donc, voici votre premier livre.

– *La Barbe*, dans sa collection. Aux éditions du Seuil. Je suis l'anonyme de la bande, composée de collègues reconnus et primés — l'une d'elles a récemment reçu le prix Nobel. La parution est prévue à la rentrée littéraire de septembre deux mille quatorze. J'avais demandé à mes parents quelques mois pour me laisser y arriver. Je suis dans les temps. Au-delà de l'excitation d'une nouvelle aventure, c'est tout ce qui m'importe. Je leur annonce la nouvelle, sans dévoiler le sujet. Ils ne cherchent pas à en savoir plus. Pour plaisanter, je dis à ma mère qu'il faut que je sois bien habillé pour faire ma rentrée.

– Vous habitez toujours avec votre compagne ?

– Oui, dans l'immeuble au-dessus du café où nous nous sommes rencontrés. À deux pas de ma chambre d'enfant. Je lis, j'écris et fais du *baby-sitting*.

– Vous gardez les enfants ?

– J'en ai assez des nuits sans sommeil au parking. Pour bien vivre, je dois bien dormir. C'est non négociable.

– À qui le dites-vous…

– En attendant septembre, je termine l'autre livre que je compte présenter au début de l'année suivante. Une fois encore, le sort a un autre plan que personne n'aurait pu imaginer.

– Je suis tout ouïe…

– On me prévient que je ne ferais pas la rentrée littéraire de septembre, mais celle de janvier.

– Quelques mois d'attente. Après tout ce que vous avez vécu, rien de grave, non ?

– *La Barbe* paraît le quinze janvier deux mille quinze. Une semaine avant…

– *Charlie Hebdo*.

– Le sept janvier : point de départ d'un cycle infernal, de la traque des terroristes à l'assassinat d'une policière municipale, le huit. En passant par l'attentat à l'*Hyper Cacher*, le neuf, et la marche du onze janvier, réunissant des millions de Français. C'est dans ce contexte que je donne une interview au *Figaro*, juste avant la matinale de *France Inter*. Les médias s'intéressent de près à cet auteur qui réunit tous les symptômes de la radicalisation, le nouveau mal du siècle. Décrochage scolaire, délinquance, prison, religion… Moi qui pensais tenir une victoire éclatante sur le monde en devenant écrivain, me voilà acculé à témoigner devant le tribunal médiatique d'un parcours qui m'installe en première ligne dans le box des accusés.

Mauvais sang

Je ne bouge plus. Respire à peine. Allongé avec elle, froide et sans réaction. Malgré le choc, je ne pense qu'à sa survie. Que va-t-on devenir l'un sans l'autre ?

– Restez tranquille. Les secours arrivent.

Premier réflexe : le téléphone. Messagerie : « – Je viens d'avoir un accident. Ne m'attends pas.» Texto dans la foulée : « – Si je peux faire quoi que ce soit.» Déjà, composer mon numéro pour me soutenir de vive voix… Au loin, c'est la sirène que j'entends.

– Comment vous sentez-vous, monsieur ? Vous avez des vertiges ?

Un seul. Abyssal ; vais-je de nouveau marcher ? Et poursuivre mon activité ? L'image que je renvoie vaut autant que mes conseils — un coach unijambiste, ce n'est pas très vendeur. La confiance tient à si peu de choses.

– Vous pouvez bouger les orteils ?

Ils remuent. Tout n'est pas perdu. Après cette haute réflexion métaphysique, je redescends sur terre pendant qu'on me charge dans le fourgon.

– Plus de peur que de mal. C'est une belle fracture. On vous emmène à l'hôpital.

Rien de grave ? L'autoentrepreneur sait pertinemment que le danger réside dans la prostration, et me voilà pris dans le béton d'une longue période d'inertie. Moi, l'homme par qui le mouvement arrive, je deviens aussi fragile qu'un bébé ne devant sa survie qu'à la pitié des autres.

D'abord, celle des pompiers. Trois, impassibles dans leur combinaison étanche à l'affolement. Il faut vivre ces situations pour sentir leur maîtrise, à mi-chemin entre le sang-froid et la fièvre.

– Monsieur, ça va secouer un peu. On va vous porter jusqu'au brancard pour vous mettre dans le fourgon. Prêt ?

Partez. Pourvu qu'on m'injecte de quoi étouffer la douleur.

– Vous alliez où comme ça ?

– Travailler. Est-ce que vous allez me donner quelque chose ?

– Vous faites quoi comme boulot ? Pas nous. Va falloir attendre d'arriver à l'hôpital.

– *Coach* sportif. Rien avant ?

– Et il faut quelles études pour ça ? Non. Désolé.

– Bon. On en parle plus tard, ok ?

Une fille, deux garçons. Jeunes, vifs. Smicards — je crois que c'est à peu près ce qu'on leur donne pour sauver des vies. À peine installé sur la civière que d'autres uniformes rappliquent pour constater. Chacun son rôle dans la chaîne du secours. Je souffle dans le ballon. Négatif. Test salivaire. *Idem*. Ni cannabis, cocaïne, amphétamine, ecstasy. L'honneur est sauf. Pourtant, dans une vingtaine de minutes, je goûterai en toute légalité la crème des hallucinogènes.

En attendant, mes anges-gardiens s'activent. L'un pose une minerve pendant qu'on me palpe le ventre pour vérifier s'il n'y a pas d'hémorragie interne. Au point où j'en suis, ça ou autre chose.

– Qu'est-ce qu'on a ?

– Fracture. Accident de la circulation.

– Trottinette ? Vélo ?

– *Ducati*. 600 cm^3.

– Belle bête ! Amenez-le dans la salle du fond.

Nouveau binôme, rapide, efficace. Blouses vert pâle, ongles courts, sans vernis. L'une récolte les tubes de sang pendant que la plus âgée prend en charge l'interro surprise.

– Comment vous sentez-vous, à part la fracture ?

– Ce n'est pas un ongle incarné ?

– Il est trop lui ! Vous avez raison de plaisanter ; c'est bon pour la guérison.

– Vous n'auriez pas un petit « quelque chose » dans vos poches magiques ?

– Ça arrive. Vous avez consommé de l'alcool ou des stupéfiants avant l'accident ?

– Non.

– Vous en consommez d'habitude ?

– Non.

– Bien. On va vous donner un calmant.

– Oui…

– D'abord, on doit tirer sur votre jambe pour réaxer le tibia.

– Avant de commencer, je peux vous poser une question ?

– En voilà une. J'attends la deuxième.

– Que devient le sang, une fois analysé ?

– On le remet. Faut pas gâcher !

– Je suis rassuré. Vous pouvez y aller.

– Il est drôle, lui ! On l'incinère. C'est la consigne. À part votre souvenir, on préfère ne rien garder de vous dans nos murs.

Perfusion de morphine. Parmi les contre-indications, mon refus, que je m'empresse d'enfouir dans le tiroir du subconscient où sont rangées mes dents de lait. Face à l'adversité, mort aux convictions. Moi, l'ardent défenseur des médecines douces versus la chimie organique, je fonds comme un *junkie* en voyant l'aide-soignante planter sa jolie seringue. Une minute. *Walou*. Cinq. Pas plus. Sept minutes. Toujours rien. On passe au plan B.

– Coriace le motard.

– Kétamine. Huit milligrammes.

– Je prends.

Fixé sur les perles qui s'échappent de la transfusion, je tente de rester digne devant ma douleur qui, bien qu'odieuse, reste rare et précieuse. Après tout, quand m'a-t-elle rendu visite la dernière fois ? Comme tout le monde, il m'arrive de me sentir essoufflé, ballonné ou anxieux, mais en toute sincérité, jamais au point de dérouiller. Comme nous tous, je passe le plus clair de mon temps à repousser le tête-à-tête. Là, elle daigne enfin me prendre en séance ; prions qu'elle ne soit pas trop intense. Subjective, elle communique par écho pour inonder la moindre de mes pensées. Même l'orgasme ne fait pas tant de bruit ! « – *Body is your best teacher.* » « – *Mind no feel, but body feel.* » Pichest a raison. « – L'homme est un apprenti, la douleur est son maître, et nul ne se connaît tant qu'il n'a pas souffert. » Qu'est-ce qu'il me prend ? La panacée me fait délirer au point d'enchainer les citations. De qui est celle-ci ? Bruce Lee, Nicolas Sarkozy ? Ressaisis-toi, Darius. Reprends le fil.

Mon cerveau se met en mode *breaking news* pour me remplir de ce tremblement. Un vibrato digne des plus grands ténors, dont je me passerais volontiers. Comme à l'Opéra, je me concentre sur la symphonie en me demandant ce que l'orchestre souhaite communiquer. Si la musique adoucit les mœurs, elle ne les explique pas. Moi, j'ai besoin de comprendre. J'essaie d'installer avec ma blessure un semblant de conversation, au moins d'écoute pour, comme je le conseille à mes clients, saisir le message. Sur quoi attire-t-elle mon attention ? Pourquoi vient-elle réécrire le scénario où moi seul regarde les autres tomber ?

Pour l'heure, je ne vois rien venir, et m'abandonne dans la posture du cadavre, yeux clos, paumes tournées vers le ciel. Allongé sur ce lit de fer où tant d'anonymes ont espéré la délivrance, à mon tour de me soumettre à la parole médicale.

– On va laisser passer quelques minutes pour que ça fasse effet.

– J'espère que ce sera la bonne.

– Ne vous inquiétez pas. On a du répondant.

– Je veux bien vous croire.

– Si la kétamine ne fait pas l'affaire, ce qui me paraît peu probable, on passe à l'*Hypnovel*.

– Jamais deux sans trois.

Hypnovel, la seconde fois que j'entends ce nom. La première, c'était pour se disputer contre un cancer. Finalement, je n'en aurais pas besoin. Elles peuvent se mettre à l'ouvrage en guidant ma jambe vers le droit chemin.

– Malgré l'anesthésie, ça risque de picoter...

– Ce qui m'inquiète, c'est qu'à cause de vous, je vais finir par être contrôlé positif.

Ça pique, effectivement. Mais le plus dur est fait. Le pire arrive.

« – Nous allons procéder à un enclouage centromédullaire.» Nom barbare pour opération bégnine. « – Du repos et, dans quelques mois, vous gambaderez comme un lapin ! » *Dixit* l'urgentiste de Lariboisière.

Radio, scanner, diagnostic. Le tiercé gagnant. Au-delà du langage, les médecins nous gouvernent par ordonnance. Téléguidés par l'imagerie médicale, ces inconnus en savent plus sur moi que mes parents et Marck Zuckerberg. Informations soigneusement consignées dans les pages d'un dossier auquel je n'ai pas accès. Après une bonne heure de *striptease* sous les ondes, j'ai enfin mes résultats. Ni bons, ni mauvais. La moyenne.

Je connais la durée d'immobilisation, et la date du retour aux affaires. Trois mois — je n'ai jamais connu une telle période de chômage. Que faire pendant tout ce temps, et avec qui ? *Quid* de mon bas de laine ? Aurais-je suffisamment pour tenir ? C'est en planant qu'on me dirige vers une pièce où d'autres attendent leur opération.

Du box, l'ouverture me permet d'observer un couloir où les garde-malades accélèrent, pilent et redémarrent. La salle d'attente des urgences ; l'endroit le plus craint en ville. Bien plus qu'une cour d'assise. Ici, on joue sa vie, pas son avenir. Parfois, un infirmier s'arrête pour poser des voies veineuses, une sonde gastrique ou urinaire, toujours avec la même intonation pour expliquer le geste — à quel point faut-il s'endurcir pour garder son flegme dans ce genre de situations ? Les seuls éclats de voix viennent de poitrines oppressées d'où fusent à la volée plaintes et insultes trempées de larmes, avant de s'évanouir dans les vapeurs de regrets.

Malgré la pression, les soignants ne relâchent pas leurs efforts, et répondent aux sirènes de découragement par un mot, un regard. Une jolie attention. Je demande à l'interne le nombre de patients qu'elle prend en charge simultanément : « – Quatre », l'air de trouver ça normal. Cet après-midi, nous sommes une vingtaine, unis par l'intraveineuse. Pour patienter, j'observe mes voisins d'infortune. Là, une trompe-la-mort en robe de chambre, cheveux rares et argentés. Derrière une paire de lunettes au verre gauche légèrement fêlé, elle scrute le plafond l'œil inquiet. Ses doigts arqués agrippent les barres du lit médicalisé où elle peine à rester allongée.

Mon voisin de droite, poitrine à l'air, s'inquiète de ne pouvoir décrire son malheur. Le vieil homme cherche le mot juste pour l'infirmière qui lui demande son ressenti, avant de s'apercevoir qu'il manque de vocabulaire. À son chevet, sa femme lui murmure une parole à l'oreille, avant de croiser ses mains sur le ventre, les lèvres cousues dans une prière.

La pièce voisine est occupée par un patient que l'équipe soignante refuse de laisser sortir. Pour éviter qu'il blesse et se mutile, le voilà pieds et poings liés. Pourquoi le garder contre son gré ? Je l'aurais laissé filer jusqu'à ce qu'il revienne à la raison, et s'aperçoive de la chance d'être interné. Ici, on ne soigne pas seulement. On fait des choix.

Finalement, je suis verni. J'en ai conscience. Pas de traumatisme particulier. Le temps glisse relativement vite. Assez pour m'empêcher de gamberger.

Au bloc. L'anesthésiste m'accueille avec une nouvelle interro, sans surprise. Autour, on accélère. Masques blancs et gants diaphanes déposent sur la table la panoplie d'Hannibal Lecter, toute de métal ciselé, prête à percer l'armure.

Anesthésie locale. Une péridurale, comme pour les femmes enceintes. On me pique dans la colonne vertébrale, ce qui me fait une belle jambe, tant je suis à l'ouest. Le médecin m'annonce que je serai conscient. Quelle chance ; ce n'est pas tous les jours qu'on assiste à sa propre opération ! Après avoir soigneusement embobiné mes réflexes, une main me caresse le crâne pendant qu'on incise légèrement sous le genou pour ouvrir la voie à une perceuse miniature. Armatures, vis et boulons viendront compléter le forage.

Le mécano-chirurgien m'explique les étapes du bricolage. Complètement *stone*, je l'imagine dans une vidéo *Ikea* en train de monter un meuble. L'os est percé à cinq reprises ; trois fois en haut, une en bas et tout le long de la charpente qui désormais n'a qu'à bien se tenir. J'aurais plus tard la curiosité de regarder le film d'une intervention similaire à la mienne. Comment ai-je pu supporter ce traitement avec le sourire ? Parfois, l'ignorance est une bénédiction.

En salle de réveil, derrière un rideau, je devine la présence d'autres étourdis — il n'y a que sous terre que chacun a droit à son pré carré d'intimité. Comme eux, je reste sous surveillance, jusqu'au retour à la normale des grandes fonctions vitales — niveau de conscience satisfaisant, pouls et tension corrects, respiration stable, absence de complication chirurgicale et autres détails qui font la différence. L'effet de la drogue s'estompe peu à peu. La fête est finie. Je redescends une à une les marches de la réalité pour rejoindre une chambre où je passerai la nuit avant de rentrer. L'heure du retour à la civilisation a sonné.

Taxi, short et béquilles. Ma trinité pour revenir au bercail. Au cinquième sans ascenseur, l'ascension me semble une éternité. Il va falloir une sacrée bonne raison pour renouveler l'expérience. Je reste cloîtré dans ma cellule pendant que Dina s'occupe des courses. De la liste, j'attends avec impatience les petits pois surgelés ; ma guibole ressemble à la carte d'un nouveau monde où le beige et le violet se disputent le territoire. Plus de la moitié est couverte d'hématomes, et rien ne vaut la glace pour accélérer la cicatrisation. Je passerai le début de ma convalescence entre le congélateur, les toilettes et le canapé, où mon passe-temps favori consistera à scruter les arbitres des chaines info jouer du sifflet et distribuer les avertissements.

Une manifestation fait le tour des éditions spéciales. La peur serre les cordes vocales des journalistes quand ils demandent : « – Mais que réclamez-vous au juste ? ». En plateau, les éditorialistes se succèdent au chevet d'une population qu'ils font semblant de découvrir. Pourtant, ces voix sans visage font régulièrement vibrer les courbes de leurs sondages. Les revendications ? Le pouvoir d'achat, le reste à vivre, ce genre de choses.

Après le reportage, je tente une percée en cuisine. En chemin, je me demande si l'assurance couvrira le remboursement de ma bécane, bonne pour la casse. Je compte sur ce paquet d'euros pour régler mon loyer en attendant de reprendre des forces. Au chômage technique, il va falloir se serrer la ceinture. Dans ma situation, pas de sortie de secours ; on s'active chaque jour sous peine de se voir débranché. Après des années de ministère, vais-je devoir passer la main ?

Pour le moment, rester professionnel en prévenant mon carnet d'adresses. Certains m'envoient des fleurs, d'autres me demandent un contact pour poursuivre leur entraînement. Invalide, je suis immédiatement remplacé. C'est de bonne guerre. Je partage aux plus importants les coordonnées de ma partenaire qui saura tenir la distance. Et m'interroge sur celle qu'il me reste à parcourir avant de me retrouver *has been*. Cette période d'immobilisation réveille ma plus grande peur : quand mes réflexes lâcheront et qu'on cherchera plus alerte que ce bon vieux Darius, qui me regardera partir ? Dina finira par comprendre ce que je suis vraiment. Et je serai déjà chanceux qu'elle me quitte en silence.

Entre deux pensées, je tente une sieste avant d'être secoué par « la guêpe ». Ouvrière du soin, répétant les mêmes gestes à la chaîne, elle bourdonne trois fois par semaine sur mes plaies. Difficile de planter son dard ; avec tout ce sport, j'ai peu de gras à offrir.

Je traverse le quotidien au ralenti. Allumer, éteindre, ouvrir, fermer, ranger, nettoyer ; comme l'enfant tâtant les courbes de son environnement, je contourne l'obstacle pour mieux le dépasser. Ici une table basse, là un fauteuil. Plus loin, la chambre d'ami où sommeillent mes appareils de musculation. Avant l'accident, je vivais chez moi comme un touriste. Désormais, j'observe les moindres plis de mon atlas ; cols, crevasses, précipices. Et cet autoportrait fixé au mur, où je sonde, insouciant, l'horizon baigné sous l'astre rouge.

Me reposer avec tout ça ? S'endormir ne pose pas de difficulté, mais au moindre flottement, la veille se rappelle à mon bon souvenir. Cerné de nerfs au garde à vous, je fige ma colonne vertébrale jusqu'au prochain coup de feu. Sans tambour ni trompette, mes os m'interpellent. À quelle horloge obéissent-ils ? Fidèles au temps long quand aujourd'hui tout se fait en un tour.

Pour me distraire, je plonge dans mon portable. Me voilà incollable sur les pages *Instagram* des collègues. Je prends un malin plaisir à scroller les innombrables comptes. Si les muscles de ma jambe sont atrophiés, ceux de mon pouce gauche n'ont jamais été aussi affutés ! Je songe même à créer un faux profil pour m'abonner en toute discrétion. L'oisiveté est mère de tous les vices, et les réseaux sociaux leur résidence.

Je repère quelques champions, qui, entre deux dizaines d'abdos, conseillent leur communauté. Non content d'assurer la forme, ils investissent le fond, en ultra grand angle. Surfer sur la toile me fait découvrir des centaines de gourous en *shorty* alignant les vues et les séries. Comment diable font-ils pour tant s'aimer ? Sous chaque image, relayée des milliers de fois, une ribambelle d'hashtag : #musculife #fitnessforever #nevergiveup #barrechocolatée…

Je retourne suivre le peuple en mouvement.

Dans la foule, les anonymes de l'hôpital ; corps usés aux antipodes des notables que je polis. Une retraitée du textile, voûtée dans sa laine, dit tenir avec quelques centaines d'euros par mois qu'elle soutire à la fatalité. À côté, « Fin du monde ou fin de mois ? », le slogan d'un mannequin pendu haut et court. Sur la potence, « Salauds de riches ». Pour elle, « – L'écologie, c'est pour les nantis. » Avant de cramer tous ensemble, elle bout à petit feu sous les combles. « – Quand le monde vous tourne le dos, à quoi bon vouloir le sauver ? » Médaille d'or de la famille française — je ne savais pas que ça existait —, elle chuchote à l'objectif qu'elle a fait neuf enfants pour la France, et pense aujourd'hui à vendre sa breloque en brocante tant elle manque. Pourtant, « – Il faut bien rester convenable. »

Mon beau pays et sa curieuse manie de tirer les vers du nez aux pauvres, en *prime time* ou dans le confessionnal d'une assistante sociale. D'abord distrait, je finis par m'intéresser aux cris de ralliement. Beaucoup de manifestants occupent des emplois précaires, à mi-temps, par tous les temps. Aucun n'a les moyens de bénéficier de mes soins. Une séance équivaut à deux semaines de courses pour cette mère célibataire et ses trois enfants. Employée de ménage, elle met son tablier avant l'aube, et gagne le smic pour lustrer des pièces qu'elle n'habitera jamais. Qui sait, je m'occupe peut-être de son propriétaire ? Comme cette domestique, je sers les riches, et reste un maillon faible grâce à qui ils perpétuent la misère.

Après deux semaines de rassemblement, la tension monte aux environs des Champs-Élysées où flâne ma clientèle. Barricades, voitures brûlées, dont une *Porsche* rose retournée sous le vivat du cortège. La menace se précise, sous les flashs d'observateurs du monde entier. Effarée, une *voix off* annonce le bilan provisoire d'une centaine de blessés dont certains ne verront plus la lumière qu'à moitié.

D'en bas, on voit mieux le ciel. Alors que mon cerveau flirte avec le vide, il m'appelle enfin. En raccrochant, je reprends mes esprits pour réfléchir à sa proposition. Dans ce regain de vitalité, la solution m'apparaît, limpide : le seul moyen de se défaire d'une ambition, c'est encore de s'en coller une autre en pleine tête.

Asphyxie

– Bien sûr… Quand vous êtes monté, votre visage me disait quelque chose. Je m'en souviens maintenant ! Je vous ai vu à la télévision. Rappelez-moi votre nom…

– Benlaâla.

– Omar Benlaâla. C'était avec le présentateur de *La Grande Librairie*, non ?

– Il fait la chronique de *La Barbe*, le mois suivant les tueries, en février. Quand on commence à redescendre pour tenter de comprendre l'indicible.

– Le onze septembre français. Je me souviens de votre passage maintenant. Ma femme a acheté votre livre. Elle regarde toutes les émissions littéraires. Il est vert ?

– Quelle mémoire, Moïse ! Vous m'impressionnez.

– Vous voyez un GPS dans ce taxi ? Non. Parce qu'il n'y en a pas. J'ai appris par cœur les plans de Paris et sa banlieue. Je retiens tout. Vous faites la matinale d'*Inter* juste après les attentats ? Vous commencez fort.

– On se demande, avec mes éditeurs, s'il faut y aller. Par chance, mon passage est annulé — sans préparation, je me serais fait dévorer. Le lendemain, un journaliste du *Figaro* frappe à ma porte pour une entrevue. Après lui, j'ai droit sans discontinuer à la crème des médias français, et internationaux. De Norvège au Brésil, en passant par l'Amérique du Nord, on s'intéresse à la foi de ce gamin des quartiers populaires. Cherchant des parallèles avec les terroristes « issus de l'immigration » ; déscolarisés, délinquants, repentis avant de prendre les armes et tirer dans le tas.

– Vous étiez non-violent, n'est-ce pas ?

– Vous connaissez des personnes non-violentes ?

– Oui, enfin. On se comprend…

– Non, expliquez-moi.

– Vous me faites marcher, encore une fois. Pas vrai ?

– Oui. Vous me connaissez maintenant.

– Vous êtes sûr de n'avoir qu'un manuscrit dans votre sacoche. Pas de blague !

– Un attentat dans un taxi ? Je suis ambitieux, ne l'oubliez pas.

– Donc, votre ouvrage a bénéficié du contexte.

– Les sollicitations n'arrêtent pas. De toutes sortes. Rarement pour parler littérature. Le plus souvent, ils cherchent un témoin de cette jeunesse qui se cherche dans la religion. Musulmane, évidemment. Comme si je n'avais pas écrit. Seulement raconté mes allées et venues à la mosquée. Certains journalistes sont déçus de ne pas me trouver de sang sur les mains. L'un d'eux m'avoue qu'il ne peut m'inviter à cause de ça.

– Sérieusement ?

– Pour son émission, sur une chaîne nationale, il a besoin de scandale. Je suis trop « positif ».

– Vous avez dû mal le prendre.

– Au contraire. Je le trouve sincère, et même respectueux comparé à ses collègues qui n'ont pas lu une ligne et m'interrogent uniquement sur le fanatisme religieux.

– Et quelques mois plus tard, le *Bataclan*.

– Les invitations continuent d'affluer. De médias, mais également d'intellectuels qui « pensent » l'évènement. Je me souviens de celle du CNRS, où j'explique me laisser pousser la barbe pour masquer mon acné. En m'entendant raconter que j'arbore ce total look, avec *khôl* et turban, comme un contre-feux pour détourner les regards de ma peau marquée par les stigmates de l'adolescence, ils tombent des nues — dans leur logiciel, je suis forcément un pur idéologue. Après l'échange, certains me remercient d'apporter de la nuance. Pour eux, je suis un bon client. Je crois que mes éditeurs aussi sont satisfaits ; de tous les auteurs confirmés de la collection, je vends le plus d'exemplaires.

– Vos parents doivent être fiers.

– Peut-être. Je les sens en tout cas soulagés de me voir installé dans l'appartement d'en face. Avec ma compagne. On a nos habitudes qui tournent autour de l'écrit. Parallèlement à la promotion, j'interroge mon père pour un prochain projet. Je questionne ma mère aussi. Même si je récolte essentiellement le témoignage de son mari. Réfractaire au projet, elle souhaite rester invisible.

– On peut le comprendre.

– Je n'insiste pas. Pendant l'écriture de ce nouvel ouvrage, on échange chaque jour mon père et moi. Des heures de dialogue qui viennent combler le fossé creusé par nos évitements respectifs. « – Boucher les trous », comme il dit. Ça me va. Notre relation désormais apaisée, nous ne parlons jamais de ma médiatisation, ni des rencontres. Mais qu'importe ? Ce qui compte, c'est qu'enfin nous parlons à cœur ouvert. Alors que nous nous attelons à sa biographie, j'ouvre une parenthèse et produit un nouveau livre, le second.

– Son titre ?

– *L'Effraction*. Ma réaction à un ouvrage qui paraît juste après les rafales de novembre, et raconte le viol et la tentative d'assassinat qu'un jeune auteur à succès prétend avoir subi d'un maghrébin qu'il a séduit. Je l'écris en vingt-et-un jour. Et sa parution m'installe un peu plus dans le paysage littéraire. Je glane de l'expérience, mes galons d'écrivain, et suffisamment de crédit pour qu'on me fasse confiance. Professionnellement, parlant.

– Il était temps.

– N'est-ce pas ? En animant des ateliers d'écriture, je gagne correctement ma vie, et trouve le temps de terminer l'histoire de ma famille. Parallèlement, je rencontre, dans un cadre associatif, des élèves de zones prioritaires, comme on les appelle avec pudeur. Un emploi en CDI, une mission à forte valeur ajoutée où mon expérience vaut la peine d'être partagée. Persuadé, au départ, que taire mes aventures m'aiderait à faire ma place dans la société, c'est le contraire qui arrive. À ma grande surprise.

– Votre plan a une fois de plus changé.

– Et ce n'est encore rien avec ce qu'il reste à révéler. Combien de ponts maintenant ?

– Une trentaine. On approche de la ligne d'arrivée.

– Et du dénouement.

– Je suis tout ouïe. Vous avez réussi à aller au bout de l'histoire de votre père ?

– Oui, mais à quel prix.

– Que voulez-vous dire ?

– Mon père m'a offert ses derniers souffles, comme un ultime cadeau pour écrire notre livre.

– Ses derniers souffles ?

– Alors que je relis le manuscrit, on lui détecte un cancer des poumons qui finit par l'emporter. Pour le soutenir, on le veille, ma mère, mes sœurs et moi, chacun son tour. Les nuits que je passe à le regarder s'assoupir — il ne dort jamais vraiment —, je pense à son sacrifice : des centaines d'heures de respiration consacrées à nos conversations. Et me demande quel est son plan en acceptant mon projet biographique ? Un jour, alors qu'on me propose une date de parution, nous avons, avec mes proches, une vive discussion. Ils se demandent s'il faut sortir au grand jour l'histoire des Benlaâla. S'il ne vaut pas mieux garder ça pour nous. Comme dit ma mère : « – Ce qui vient de la maison… »

– Reste à la maison. La mienne disait exactement la même chose.

– Décontenancé, je ne m'y attends pas du tout. Que faire maintenant ? Respecter leur volonté et jeter ce trésor aux oubliettes ? Quel gâchis. Quelle autre solution ? Ne pas les écouter au risque de nous fâcher ? Une fois de plus, c'est mon père, à l'article de la mort, qui a le dernier mot en tapant du poing sur la table. « – Je sais ce que je fais. » Cette phrase clos la discussion. Et on se range tous à sa décision. Que voulait-il dire ? Que faisait-il réellement en léguant à son fils sa mémoire ? Je n'y ai pas réfléchi, trop occupé à la défendre. Une fois la parution digérée, sa phrase n'a cessé de me hanter. Et moi, pour quelles raisons j'écris mes bouquins, et le dernier en particulier ? Comment se fait-il que nos actes les plus fondamentaux soient si peu questionnés ? Le sens du travail, de la procréation. De l'héritage. Pour laisser une trace, une œuvre ou un souvenir ? Autant de mal pour ça ? Écrire des livres n'échappe pas à la règle. Bien qu'au pays des lumières, l'écrivain jouit d'une aura particulière, je me fous de cette auréole comme de mon premier kamis. Gagner de l'argent ? Vraiment ? J'étais plus riche en vendant mes barrettes en bas des tours.

– Vous n'avez pas demandé à votre père son intention ?

– Je m'en veux de ne pas l'avoir fait.

– Il a dû être très fier. C'est le principal.

– Je lui souhaite sincèrement.

– Il ne vous l'a pas dit ?

– Il n'a pas eu le temps. Il est mort quelques heures après avoir tenu en main son exemplaire, qu'il a signé difficilement. Mais à sa manière. Comme un dernier message avant de partir.

– Que voulez-vous dire ?

– Les premières lettres de mon nom, Ben, signifie « le fils », et ce sont les dernières qu'il a rédigées sous le regard de son garçon qui lui tendait le stylo. J'ai longtemps pensé qu'il était trop fatigué pour l'écrire en entier. Je crois aujourd'hui qu'il l'a sans doute fait exprès.

– En tout cas, c'est une belle fin. Et un merveilleux cadeau qu'il vous a fait.

– Il m'a transmis ce qu'il était venu chercher à Paris en quittant son village : une instruction, une langue, et quand j'y pense, mon seul diplôme.

– Lequel ?

– Notre ouvrage a reçu un prix littéraire. Et pas le moins beau. Celui du musée de l'Histoire de l'Immigration. Le prix de la Porte Dorée, qui a récompensé avant moi trois lauréats du prix Goncourt, entre autres.

– Eh bien ! Quelle ascension ! Tout ça en combien de temps ?

– Trois ans, et trois livres. Malheureusement, mon père

n'était plus là pour en profiter, et voir son histoire récompensée d'un prix littéraire. Lui, l'illettré. À qui on s'est permis de dire qu'il n'avait pas sa place dans la Capitale.

– Comment ça ?

– Une assistante sociale, à la mairie du vingtième. Elle lui a balancé à la figure cette phrase qu'on a choisi pour titre : *Tu n'habiteras jamais Paris*.

– Quelle horrible phrase…

– Et quelle femme détestable. Je l'ai vue, juste avant qu'elle s'éteigne à son tour.

– Vous la connaissiez ?

– Non. Mais je me suis renseigné sur elle. En écrivant, je plongeais dans les archives pour vérifier une date, le nom d'une rue dont papa ne se souvenait pas exactement, ce genre de choses. Cette manie qu'on a en France de tout conserver, jusqu'au nom du dernier agent municipal. Je l'ai suivie, longtemps. Pour voir ce qu'elle devenait.

– Et vous êtes allé la voir ? Vous lui avez parlé ?

– Elle a passé sa vie dans le quartier à me frôler. J'ai attendu le dernier moment pour l'approcher. Brièvement. Juste avant son décès.

– Que lui avez-vous dit ? Elle se souvenait de votre père ?

– Quelques mots, avant le point final. Je lui devais bien ça. Elle nous a donné un bon titre.

– …

– Après le décès de mon père, j'étais démuni. J'avais perdu l'homme de ma vie, et le regard de celui pour qui je me faisais une situation. J'avais une vie agréable, mais plus le goût de l'effort. Ni l'envie de commettre un nouveau livre. J'ai passé une année à réfléchir à ce que je pourrais donner aux éditeurs. Après mon prix, il fallait battre le fer. Et pour ça, retrouver l'inspiration.

– Qu'avez-vous fait pendant cette année ?

– J'ai étouffé ma fidèle compagne.

– Pardon ?

– Littéralement. Maintenant que nous nous connaissons un peu, je peux vous le dire.

– Allez, soyez sérieux…

– Je le suis. Et je l'ai fait en trois temps. Mais rassurez-vous, Moïse ; ça n'a pas marché. Mais ça m'a quand-même aidé à rebondir.

– …

– Je parle de ma console de jeux. La *Xbox*.

– Vous alors ! Vous l'avez étouffée ?

– Oui, sans procès. Dans une couverture. En la faisant chauffer pour qu'elle rende l'âme et m'aide à la quitter. Votre fils joue aux jeux vidéo ?

– À votre avis ? Si seulement il pouvait les lâcher un peu… Il est accro.

– Alors vous pouvez me comprendre.

– Vous ne l'avez pas vraiment fait ?

– Si, en trois temps. Je viens de vous le dire. Je l'ai emmitouflée avant de l'allumer et l'éteindre sans discontinuer pendant des heures, pour qu'elle chauffe autant que possible. Je n'avais que ça à faire. Le syndrome de la feuille blanche, vous savez… Plusieurs fois, j'ai cru que ça avait marché. Mais elle a résisté. Et je l'ai laissé vivre.

– Mais pourquoi avoir fait ça ? Vous êtes conscient que c'est dingue ce que vous me racontez ?

– Depuis le début ?

– Non, enfin, oui, mais pas de la même manière. Vous avez tenté « d'étouffer » une console de jeux vidéo…

– Et la mienne, de surcroît.

– La vôtre, oui d'accord. Mais bon. Quand-même. De là à…

– La fin justifie les moyens. Vous n'êtes pas d'accord ?

– Là, pas vraiment !

– Vous venez de dire que Joseph est accro, non ?

– Oui, enfin, façon de parler.

– Mais il l'est ?

– Oui, en quelque sorte.

– Et si vous aviez l'occasion d'éliminer la cause de son addiction, ne faudrait-il pas sauter sur l'occasion ?

– …

– C'est ce que j'ai fait. Pendant cette année, j'ai passé

toutes mes soirées manette en mains. Incapable de reprendre le clavier, je me reposais sur mes lauriers en enchainant les parties. Ça m'a fait beaucoup de mal, vous savez ? Il fallait que ça cesse. Et je voulais marquer ma victoire sur la dépendance.

– En étouffant votre console.

– Pour tuer symboliquement cette mauvaise part de moi. Quand une dent est malade, même si c'est la vôtre, il faut l'arracher pour le bien des autres. Vous n'êtes pas d'accord ?

– C'est radical.

– Je le suis. Non ? On n'a pas arrêté de me le dire à longueur d'interviews.

Aveu

– L'échange sera enregistré.

– Entendu.

– Nous pouvons commencer.

– Par le début ?

– À vous de décider.

– Dans ce cas, je parlerai de mes intentions. Les faits, vous les connaissez. Ce qui m'a pris de me confier à lui ? Le besoin de me confesser, de faire confiance. Et cette foutue manie d'aider mon prochain… Quoi qu'il en soit, il était là, au bon endroit, au bon moment. Sans jugement. Omar était dans le trou, votre serviteur aussi ; nous nous sommes maintenus à flots, lui dans la position de l'écrivain, moi, celle du personnage de roman. Étrange alchimie qui donne ce texte dont je suis le héros. Pendant trois mois, ma vie tournait au ralenti. J'avais tout loisir de raconter à mon scribe ce qu'il était encore loin d'imaginer.

– Vous vous connaissez depuis longtemps ?

– Vingt et un ans. Et autant de zones d'ombre.

– Que voulez-vous dire ?

– Finalement, que sais-je de lui ? Si je me retrouve devant vous, ça prouve que j'aurais dû m'en méfier. Insondable, comme l'atteste les mille vies qu'il a vécues sans en garder le moindre stigmate. Sa jeunesse passée avec le gratin du grand banditisme ? Effacée. Les années à parcourir le monde sous l'étendard de l'islam, il n'en reste rien. Les centaines de pilules avalées sur les *dancefloor* ? Pas une trace. Après l'hommage à son père, il a littéralement disparu des radars. Aucun réseau social où suivre son actualité. Et que penser du prix littéraire sur lequel il n'a jamais communiqué ? Quand il nous arrivait d'en parler, j'avais à faire à une anguille. Cette fascinante capacité à brouiller les pistes. Une fois encore, Omar revenait d'entre les morts, avec un projet intriguant. Je l'intéressais car, selon ses dires, je freinais la course du temps sur le corps de mes clients. « – Ce que tu vends, c'est un délai sur l'agonie. » À travers moi, il rêvait d'écrire sur la santé, ce fluide étrange qui entretient l'illusion de nos existences. Malgré nos différences, on s'accorde sur les questions ésotériques, le cœur de toutes nos conversations. À l'aube de la cinquantaine, nous parlions souvent de notre avenir, et prenions conscience qu'on avait déjà entamé la seconde mi-temps. Tic-tac, tic-tac, tic-tac… Cet aspect de la relation est essentiel pour comprendre notre pacte. Sa promesse ? Devenir éternel entre les pages d'un livre où le décompte est suspendu, seule compte l'intrigue. Plutôt séduisant. Je voulais en être, en lui donnant de quoi me rendre légendaire.

– Par quoi avez-vous commencé ?

– Un aveu : la raison de mon enthousiasme, lors de notre rencontre à la mosquée.

– Vous avez envie d'en parler ?

– Je suis là pour ça, non ? Quand on me l'a présenté, il ne m'a pas lâché avec son baratin pour me convertir. Quel bavard ! Je me demandais jusqu'où il irait après son histoire de vache qui mange de l'herbe verte devenue du sang rouge avant de se transformer en lait blanc. Gloire à Dieu ! J'avais l'impression d'être pris en otage dans le camion des deux hystériques de la télé. Désolé, je ne me souviens plus du nom de l'émission…

– *C'est pas sorcier.*

– Si vous le dites. À deux doigts de lui tourner le dos, je remarque le talisman qu'il porte au cou. Vous connaissez son importance. C'est pour tirer le fil de cet objet, dont la simple vision a failli m'empêcher de tuer Julien, que j'ai joué le jeu de la conversation.

– Pendant plus de deux décennies ?

– Rien d'original. Ça arrive dans plein de couples, non ? Après ça, tout n'a pas été que mensonge. Mais la vision du talisman a eu l'effet d'une révélation. Pour gagner sa confiance, je me suis laissé endoctriner, avant de le suivre dans ses déambulations jusqu'à parvenir à celui dont il tenait son amulette.

– Comment l'a-t-il pris ?

– Je crois que ça ne l'a pas dérangé. Paradoxalement, en complexifiant la genèse de notre relation, je servais son propos, et donnait le point du départ du récit. Après une année d'éloignement, on repartait vers un nouveau chapitre.

Inspire

– C'est vraiment utile ? Personnellement, je préfère les notes manuscrites.

– Et moi la technologie. C'est plus simple de se concentrer en laissant tourner la bande.

– Si c'est plus simple, alors.

– *Play*. *Rec*. C'est reparti. Nous en étions au rendez-vous, avec Darius.

– Je l'ai trouvé chez lui. Ça faisait un bail. Je ne savais pas qu'il avait la jambe cassée. La déco de son appartement n'avait pas changé — le sabre blanc pendait près du tableau où il pose sous le soleil. Lui non plus, d'ailleurs. À peine vieilli. Je ne m'attendais à rien d'inédit.

– De quoi avez-vous discuté ?

– J'ai repris là où j'en étais resté un an auparavant : ma proposition. Pendant son absence, j'ai pris le temps d'y réfléchir. Mais je ne trouvais pas le bon angle, jusqu'à cette lecture qui m'a convaincu de le relancer.

– Quelle lecture ?

– J'y arrive. Le point de bascule. Avant elle, je le trouvais déjà passionnant. L'homme qui défie la faucheuse à mains nues. Je voulais son portrait. Comme une obsession. Mon père venait de nous quitter, foudroyé par un cancer ; le voir s'éteindre à petit feu m'a convaincu d'aller dans cette direction. Même s'il gardait l'esprit vif, son corps dépérissait à vue d'œil en subissant simultanément les attaques de la maladie et des médecins.

– Des médecins ?

– Radiothérapie, chimiothérapie, luminothérapie ; pas besoin de vous faire un dessin. On en parlait souvent avec Darius, qui trouvait le procédé criminel. Nous discutions de traitements alternatifs à la chimio et ses myriades d'effets secondaires, comme le jeûne, qu'il pratique régulièrement. À travers lui, je trouvais le hérault idéal. Je l'ai observé toutes ces années évoluer dans son art, du *coaching* au massage, qui prenait chaque année plus de place. C'est d'abord cet aspect qui m'a intéressé. Je pensais écrire le journal d'un thérapeute des temps modernes. Et parler d'une époque qui place le bien-être en tête de gondole. L'idée semblait suffisamment intéressante pour la proposer à mes éditeurs qui me pressaient de produire quelque chose. Je tenais cette chose, et nous avons pris rendez-vous dans leurs locaux du sixième arrondissement. Quand j'ai exposé mon synopsis, ils m'ont écouté, poliment, avant de se demander dans quelle collection mettre ce qu'ils voyaient comme un espèce de *coaching* pour les nuls. Je ne m'attendais pas à ce coup au-dessous de la ceinture ! J'ai tenté d'expliquer que c'était réducteur ; on découvrait, par exemple, sa relation avec les élites, obnubilées par la performance. Mais pas seulement. Aussi… À peine le temps d'approfondir qu'on me coupe la parole en me demandant : « – Il y a des anecdotes sur des célébrités ? Des trucs croustillants ? » Sidéré par la question, je me suis mis en pilotage automatique pour clore cette conversation, terminée en queue de poisson : « – Quand tu auras un manuscrit, viens nous voir ; on verra ce qu'on en fera. » En sortant, je croise mon homonyme, qui avait préparé la salle des signatures lors de ma dernière visite.

– La salle des signatures ?

– Avant une parution, on vous met dans une pièce pour les dédicaces. Omar y dépose les exemplaires avant de les envoyer aux journalistes. Ouvrier de l'édition, bien que très présent dans les murs, vous ne le trouverez pas dans l'organigramme. Invisible, il fait partie des rouages qui font tourner la machine sans jamais figurer dans les remerciements.

On s'est salué, et j'ai pensé, en le voyant, que sans livre à présenter, je serai à sa place dans le cagibi. Ce rendez-vous m'a dérangé. Comme un malheur n'arrive jamais seul, une semaine plus tard, j'étais remercié par mon ex-compagne, qui la première a cru en mon talent, et Darius me faisait savoir qu'il se mettait en retrait pour un temps indéterminé. Tout ça m'a poussé à me réfugier dans la lecture. Pour oublier tout ce qu'il y avait à oublier, à commencer par mon projet littéraire. Mais les voies du Seigneur sont impénétrables, et c'est un livre qui m'y a ramené.

– Lequel ?

– Vous qui aimez la technologie, je laisse *Google* vous donner la réponse à partir de cet extrait qui m'a ouvert les yeux. « En leur ôtant la vie, je les ai connus aux instants les plus exquis de leur existence. » Darius aurait pu dire cette phrase, lui qui, par son art, embrasse la réalité des êtres comme personne. Cette emprise qu'il tisse l'air de rien... Cet homme est redoutable ! En vingt ans, je me suis laissé pétrir une fois, la dernière. Entièrement à sa merci, j'ai pu voir comme il pouvait me broyer sans que je puisse bouger le petit doigt. J'ose à peine imaginer son influence sur des clients qu'il manipule chaque semaine depuis des années. Je connais leurs noms, leurs rangs sur l'échelle sociale, et les conséquences de la moindre de leurs décisions sur la vie de millions d'individus. Et pourtant, chaque séance, ils s'allongent docilement pour se soumettre à sa volonté. Cette singularité faisait le sel de mon personnage.

– C'est à sa lecture que vous vient l'idée du roman noir ?

– Un passage, tout particulièrement. Vous voulez entendre la suite ?

– Si ce n'est pas trop demandé.

– Ça enregistre toujours ?

– Plus que jamais.

– « Je les ai abattus dans la fleur ardente et saine de leur jeunesse, j'ai assimilé fougue et sexe, qui se seraient affadis, n'en eussé-je été l'usurpateur, les utilisant pour mon propre usage. Je l'ai fait en partie pour mettre à mort mes cauchemars et contenir mes furies abominables, en partie aussi pour les frissons de pure émotion et l'intensité électrique de la sensation de pouvoir que je trouvais dans le meurtre. Je ne peux mieux généraliser mes pulsions qu'en les résumant en ces termes. » Merveilleux, n'est-ce pas ?

– …

– J'avais, en quelques lignes, la trame de mon prochain succès. Et largement de quoi étendre mon territoire littéraire. Un *thriller*, je n'y avais pas pensé. Et pourtant, comme le narrateur, Darius suce la moëlle de sa clientèle pour sa propre jouissance. Un carnivore qui s'ignore. Ou cache si bien son jeu qu'on pose ses tripes sur la table ! Savez-vous que la moëlle osseuse constitue la base de nombreuses cuisines traditionnelles ? Du *ramen* japonais, au couscous de ma mère, jusqu'aux Inuits qui s'en délectent dans les soupes d'ours polaires. Ne manquait plus qu'à débusquer les cauchemars à l'origine de ses pulsions. Et pour cela, mieux cerner le personnage. Bien qu'on se fréquente depuis des lustres, en l'étudiant, je me suis aperçu que je connaissais finalement peu de choses de ses motivations. L'argent ? La déontologie ? Les louanges ? Trop classique. Darius est un être d'une grande intelligence qui préfère les abysses à la lumière. Pas d'autre choix que ravaler mon orgueil, et revenir à lui pour mieux l'ausculter. Des retrouvailles au-delà de mes espérances. Il m'a offert sur un plateau bien plus que je n'aurais osé espérer. Vous avez du café ?

– Je vous l'apporte. Restez bien concentré…

Expire

– Pourquoi avoir coupé les ponts ?

– J'en avais assez de lui, de nos conversations. On se voyait régulièrement, comme un vieux couple qui n'a plus grand-chose à se raconter. La dernière fois, il me parlait de la difficulté à trouver un sujet après la mort de son père. Il avait écrit sur lui, son quartier, sa famille. Et se demandait où il devait aller pour continuer d'exister dans ses livres. Je crois que sa séparation ne l'a pas aidé. Il craignait pour sa survie sans le soutien de sa fidèle relectrice. Tout cela pour dire qu'il ne vivait pas sa meilleure période. Parallèlement, je m'interrogeais sérieusement sur la suite, bien conscient de l'inexorabilité de ma date de péremption. J'étais agacé de ses lamentations, alors que je vivais les mêmes questionnements sans qu'il s'en aperçoive. J'ai passé le mot à sa sœur pour qu'elle lui transmette ma lettre de rupture. Il m'a laissé tranquille, sans quémander d'explication. Nos retrouvailles ont été l'occasion d'une mise à jour. Je m'en voulais de l'avoir abandonné dans cette période, alors, quand il m'a parlé de son intention d'écrire sur moi, j'ai pensé qu'en acceptant, j'avais l'occasion de me racheter. Qui sait me faire pardonner ? Mes derniers mots l'ont profondément blessé. Je l'ai bien senti.

– Que lui avez-vous dit ?

– C'est tout ce que tu as à offrir au monde ? Ton style ? Ne t'accorde pas plus d'importance que ça. Une étoile fait moins de bruit que toi.

– En effet.

– Je n’avais pas le droit. C’était cruel. Quand il m’a fait sa proposition, je me suis dit qu’il fallait rétablir l’équilibre. Et lui offrir un témoignage à la hauteur de ses espérances.

Meurs maintenant

– Vous prenez du sucre ?

– Jamais. Merci. Où en étais-je ?

– Vous retrouvez Darius qui vous offre sur un plateau ce que vous n'auriez jamais espéré.

– En effet. Un authentique miracle ! Déjà, le simple fait de répondre à mon appel… Nous nous sommes quittés, disons, contrariés. En revenant vers lui, j'ai les idées claires sur mes intentions, sans savoir comment il va réagir. Je le trouve prostré devant les images des manifestations — nous sommes au plus fort de la contestation contre la réforme des salaires. Il me salue comme si j'étais venu la veille. Et alors que je m'apprête à lui exposer mon dessein, Darius me parle de politique, d'inégalités, et de justice sociale — d'habitude, c'est le dernier de ses soucis ! Interloqué, j'écoute cet homme au bord du précipice qui enrage contre sa léthargie, et se demande s'il ne devrait pas accélérer le mouvement. De quoi parle-t-il, emplâtré dans son fauteuil ? « – Manifester ne sert à rien. Il faut faire des exemples ! La peur doit changer de camp. » Suis-je en train d'halluciner ? « – Tu as ton ordinateur ? Alors écris. Tu es venu pour ça, non ? » C'est vrai. Pour quoi d'autre ? Je m'installe à ses pieds pour recueillir son témoignage ; un flot ininterrompu qui démarre par des parents dont je n'ai jamais entendu parler. Puis viennent Nadine, Julien, Le Clown. Et ce patron de salle de sport, soûlé pendant des semaines, avant de le regarder sombrer dans son vomi. « – Tant de façons de mourir passent sous le radar du trente-six. »

– Trente-six quai des Orfèvres ?

– Vous êtes un génie !

– …

– Il parle d'une enfance passée dans un cimetière, de sa passion pour les textes judiciaires. Mais surtout du contenu des séances… Moi qui croyais combler les manques par la fiction ! « – Laisse-moi maintenant, je suis fatigué. Reviens demain. Il y en d'autres. N'oublie pas les cigarettes. » En partant, je m'interroge sur l'attitude à adopter. Y croire ? Et alors le dénoncer. Tout à l'air si cohérent. Et crédible. Ou m'enfuir en mettant à la poubelle ces premières pages ? Et sur le compte de son humeur ce qu'il décrit. Pendant qu'il se raconte, je ne trouve rien de mieux à faire que l'encourager à aller au bout de la confession, curieux de voir jusqu'où on peut plonger en enfer. Le lendemain, me voilà à sa porte, clefs en main, pour lui éviter de se lever. On s'installe devant l'écran et un cendrier. Avant de reprendre, il me regarde, apaisé. « – Nous sommes d'accord ? Tu me laisses terminer avant de donner ton manuscrit. »

– Apaisé ? Vous n'avez pas craint pour votre sécurité ?

– Bien sûr que j'étais effrayé ! Mais tout aussi excité des retombées de mon prochain *best-seller*. « – Quand tu auras un manuscrit, viens nous voir ; on verra ce qu'on en fera. » Pour commencer, faire monter les enchères ? J'avais de l'or entre les mains que je comptais bien faire fructifier. Bien au-delà du cahier des charges que je m'étais fixé, je disposais du cousin éloigné d'Hannibal le cannibale. Ce qui est terrifiant dans son parcours, c'est qu'il passe inaperçu au point qu'on s'arrache ses consultations. Psychiatre renommé, il se plie en quatre pour ses patients. Charismatique, il embarque les cœurs comme on cueille les fleurs. Darius n'avait pas grand-chose à lui envier. Si j'ai eu peur ? Je jubilais ! Un être aussi complexe à disséquer, ça n'arrive qu'une fois dans une carrière.

Le Poids et la Mesure

– Nous sommes arrivés. Le Pont au double. S'il vous reste un peu de temps pour conclure, je veux bien me garer.

– Je ne vous laisserai pas sans épilogue. Et ne serai pas long.

– Ce manuscrit, dans la sacoche. C'est votre nouveau livre, celui sur votre ami *coach* ?

– C'est bien ça. Au départ, il devait raconter l'histoire d'un homme qui s'occupe des autres. Comment aurais-je pu deviner qu'il deviendrait la principale pièce à conviction d'une affaire criminelle dont on n'a pas fini d'entendre parler ?

– Vous êtes sérieux ?

– Plus que jamais. La réalité a dépassé la fiction. J'aurais dû me douter de quelque chose. Il était instable ces derniers temps. Mais j'étais à mille lieux de penser qu'il irait jusque-là…

– De quoi parlez-vous ?

– Au flash info, le suspect recherché pour ces meurtres. Les victimes qui ne se connaissent pas mais ont toutes un lien avec l'assassin…

– Dans votre pochette ? C'est le portrait du tueur ?

– J'en ai bien peur…

– Mon Dieu… mais qu'allez-vous faire ?

– C'est pour répondre à cette question que je suis monté dans votre taxi. Pour que vous m'aidiez à prendre la bonne décision.

– Moi ?

– Vous avez raison ; nous ne nous sommes pas rencontrés par hasard. À votre tour de m'aider, Moïse. Que feriez-vous à ma place ?

– J'irai le dénoncer ! Sans hésitation.

– Ce n'est pas si simple. Nous sommes liés.

– Mais voyons Omar, comment faire autrement ? Il a déjà tué cinq personnes ! Attendez, attendez ; vous me faites marcher une dernière fois, c'est bien ça ?

– Je crains que non.

– Seigneur…

– Pile, je donne le manuscrit, et mon ami. Face, je m'en débarrasse, et le laisse s'enfuir. Que feriez-vous s'il s'agissait de votre fils ?

– Non, non ! Ne me demandez pas ça. Ça n'a rien à voir ! Vous ne pouvez pas me faire ça. Il faut le livrer !

– Et sacrifier Joseph ? C'est votre dernier mot ?

– …

Mon téléphone vibre. La voilà. Pile à l'heure.

– J'y vais. Merci de votre écoute. Je sais que vous pensiez souvent à lui pendant la course, et j'espère sincèrement que vous finirez par trouver un terrain d'entente. En rentrant, demandez-lui simplement comment il va ; Joseph est peut-être amoureux.

– Avant de partir, puis-je vous demander ce que vous allez faire ?

– Rentrez chez vous, cher Moïse. Vous ne tarderez pas à le découvrir.

Épilogue

– Te voilà enfin… Où étais-tu ? J’étais morte d’inquiétude !

– Je me suis arrêté à la cathédrale Notre-Dame, pour prier. J’ai déposé un écrivain à deux pas. Je n’ai pas vu le temps passer.

– Décidément. C’est la journée ! Ils viennent de le dire aux infos : le tueur, dont ils parlent depuis ce matin, c’est un écrivain.

– Joseph est là ?

– Oui, dans sa chambre. Il lit.